Esta é uma publicação Principis, selo exclusivo da Ciranda Cultural
© 2020 Ciranda Cultural Editora e Distribuidora Ltda.

Texto
Dante Alighieri

Produção e projeto gráfico
Ciranda Cultural

Tradução
José Pedro Xavier Pinheiro

Imagens
Morozova Olga/Shutterstock.com;
Gleb Guralnyk/Shutterstock.com

Revisão
Fernanda R. Braga Simon
Project Nine Editorial

Dados Internacionais de Catalogação na Publicação (CIP) de acordo com ISBD

A411i	Alighieri, Dante
	Inferno / Dante Alighieri ; traduzido por José Pedro Xavier Pinheiro. - Jandira, SP : Principis, 2020.
	240 p. ; 16cm x 23cm. – (A divina comédia)
	Inclui índice.
	ISBN: 978-65-509-7032-1
	1. Literatura italiana. 2. Poesia. 3. Dante Alighieri. 4. A divina comédia. I. Pinheiro, José Pedro Xavier. II. Título. III. Série.
2019-2186	CDD 851
	CDU 821.131.1-1

Elaborado por Vagner Rodolfo da Silva - CRB-8/9410

Índice para catálogo sistemático:
1. Literatura italiana : Poesia 851
2. Literatura italiana : Poesia 821.131.1-1

1ª edição revista em 2020
www.cirandacultural.com.br
Todos os direitos reservados.
Nenhuma parte desta publicação pode ser reproduzida, arquivada em sistema de busca ou transmitida por qualquer meio, seja ele eletrônico, fotocópia, gravação ou outros, sem prévia autorização do detentor dos direitos, e não pode circular encadernada ou encapada de maneira distinta daquela em que foi publicada, ou sem que as mesmas condições sejam impostas aos compradores subsequentes.

SUMÁRIO

CANTO I 5

CANTO II 12

CANTO III 19

CANTO IV 26

CANTO V 34

CANTO VI 41

CANTO VII 47

CANTO VIII 53

CANTO IX 59

CANTO X 66

CANTO XI 73

CANTO XII 79

CANTO XIII 86

CANTO XIV 94

CANTO XV 101

CANTO XVI 107

CANTO XVII	114
CANTO XVIII	121
CANTO XIX	128
CANTO XX	135
CANTO XXI	141
CANTO XXII	148
CANTO XXIII	155
CANTO XXIV	162
CANTO XXV	169
CANTO XXVI	176
CANTO XXVII	183
CANTO XXVIII	190
CANTO XXIX	197
CANTO XXX	204
CANTO XXXI	212
CANTO XXXII	219
CANTO XXXIII	226
CANTO XXXIV	234

CANTO I

Dante, perdido numa selva escura, erra nela toda a noite. Saindo ao amanhecer, começa a subir por uma colina, quando lhe atravessam a passagem uma pantera, um leão e uma loba, que o repelem para a selva. Aparece-lhe, então, a imagem de Virgílio, que o reanima e se oferece a tirá-lo de lá, fazendo-o passar pelo Inferno e pelo Purgatório. Beatriz, depois, o guiará ao Paraíso. Dante o segue.

Da nossa vida, em meio[1] da jornada,
Achei-me numa selva tenebrosa[2],
Tendo perdido a verdadeira estrada.

Dizer qual era é cousa tão penosa,
Desta brava espessura a asperidade,
Que a memória a relembra inda cuidosa.

Na morte há pouco mais de acerbidade;
Mas para o bem narrar lá deparado
De outras cousas que vi, direi verdade.

---

1 Aos 35 anos. Dante tinha 35 anos no dia 25 de março de 1300, ano no qual o papa Bonifácio VIII proclamou o primeiro Jubileu. (N. T.)
2 Simbólica selva dos vícios humanos. (N. T.)

Dante Alighieri

Contar não posso como tinha entrado;
Tanto o sono os sentidos me tomara,
Quando hei o bom caminho abandonado.

Depois que a uma colina me cercara,
Onde ia o vale escuro terminando,
Que pavor tão profundo me causara.

Ao alto olhei, e já, de luz banhando,
Vi-lhe estar às espaldas o planeta,
Que, certo, em toda parte vai guiando.

Então o assombro um tanto se aquieta,
Que do peito no lago perdurava,
Naquela noite atribulada, inquieta.

E como quem o anélito esgotava
Sobre as ondas, já salvo, inda medroso
Olha o mar perigoso em que lutava,

O meu ânimo assim, que treme ansioso,
Volveu-se a remirar vencido o espaço
Que homem vivo jamais passou ditoso.

Tendo já repousado o corpo lasso,
Segui pela deserta falda avante;
Mais baixo sendo o pé firme no passo.

Eis da subida quase ao mesmo instante
Assoma ágil e rápida pantera[3]
Tendo a pele por malhas cambiante.

---

3 Símbolo da luxúria e da fraude; politicamente, de Florença. (N. T.)

Não se afastava de ante mim a fera;
E em modo tal meu caminhar tolhia,
Que atrás por vezes eu tornar quisera.

No céu a aurora já resplandecia,
Subia o sol, dos astros rodeado,
Seus sócios, quando o Amor divino um dia

A tais primores movimento há dado.
Me infundiam desta arte alma esperança
Da fera o dorso alegre e mosqueado,

A hora amena e a quadra doce e mansa.
De um leão[4] de repente surge o aspecto,
Que ao meu peito o pavor de novo lança.

Que me investisse então cuido inquieto;
Com fome e raiva atroz fronte levanta;
Tremer parece o ar ao seu conspeto.

Eis surge loba[5], que de magra espanta;
De ambições todas parecia cheia;
Foi causa a muitos de miséria tanta!

Com tanta intensa torvação me enleia
Pelo terror, que o cenho seu movia,
Que a mente à altura não subir receia.

Como quem lucro anela noite e dia,
Se acaso o tempo de perder lhe chega,
Rebenta em pranto e triste se excrucia,

---

4 O leão é o símbolo da soberba e da violência; politicamente, da França. (N. T.)
5 A loba é o símbolo da avareza e da incontinência; politicamente, da Cúria Romana. (N. T.)

Dante Alighieri

A fera assim me fez, que não sossega;
Pouco a pouco me investe até lançar-me
Lá onde o Sol se cala e a luz me nega.

Quando ao vale eu já ia baquear-me
Alguém[6] fraco de voz diviso perto,
Que após largo silêncio quer falar-me.

Tanto que o vejo nesse grão deserto,
"Tem compaixão de mim", bradei transido
"Quem quer que sejas, sombra ou homem certo!"

"Homem não sou", tornou-me, "mas hei sido,
Pais lombardos eu tive; sempre amada
Mântua lhes foi; haviam lá nascido.

Nasci de Júlio em era retardada,
Vivi em Roma sob o bom Augusto,
Quando em deuses havia a crença errada.

Poeta, decantei feitos do justo
Filho de Anquíses, que de Troia veio,
Depois que Ílion soberbo foi combusto.

Mas por que tornas da tristeza ao meio?
Por que não vais ao deleitoso monte,
Que o prazer todo encerra no seu seio?"

"Oh! Virgílio, tu és aquela fonte
Donde em rio caudal brota a eloquência?",
Falei, curvando vergonhoso a fronte.

---

6 O poeta Virgílio Maro, símbolo da razão humana. (N. T.)

"Ó dos poetas lustre, honra, eminência!
Valham-me o longo estudo, o amor profundo
Com que em teu livro procurei ciência!

És meu mestre, o modelo sem segundo;
Unicamente és tu que hás-me ensinado
O belo estilo que honra-me no mundo.

A fera vês que o passo me há vedado;
Sábio famoso, acude ao perseguido!
Tremo no pulso e veias, transtornado!"

Respondeu, do meu pranto condoído:
"Te convém outra rota de ora avante
Para o lugar selvagem ser vencido.

A fera, que te faz bradar tremante,
Aqui passar não deixa impunemente;
Tanto se opõe, que mata o caminhante.

Tem tão má natureza, é tão furente,
Que os apetites seus jamais sacia,
E fome, impando, mais que de antes sente.

Com muitos animais se consorcia,
Há de a outros se unir 'té ser chegado
Lebréu, que a leve à hórrida agonia.

Por ouro ou por poder nunca tentado
Saber, virtude, amor terá por norte,
Sendo entre Feltro e Feltro[7] potentado.

---
7 Entre Montefeltro e Feltro. (N. T.)

Dante Alighieri

Será da humilde Itália amparo forte,
Por quem Camila a virgem dera a vida,
Turno Euríalo, Niso acharam morte.

Por ele, em toda parte, repelida
Irá lançar-se no infernal assento,
Donde foi pela Inveja conduzida.

Agora, por teu prol, eu tenho o intento
De levar-te comigo; ir-te-ei guiando
Pela estância do eterno sofrimento,

Onde, estridentes gritos escutando,
Verás almas antigas em tortura
Segunda morte a brados suplicando.

Outros ledos verás, que, em prova dura
Das chamas, inda esperam ter o gozo
De Deus no prêmio da imortal ventura.

Se lá subir quiseres, um ditoso
Espírito[8], melhor te será guia,
Quando eu deixar-te, ao reino glorioso.

Do céu o Imperador, a rebeldia
Minha à lei castigando, não consente
Que eu da cidade sua haja a alegria.

Em toda parte impera onipotente,
Mas tem no Empíreo sua augusta sede:
Feliz, por ele, o eleito à glória ingente!"

---

8 Beatriz, a mulher que Dante amou. (N. T.)

"Vate, rogo-te", eu disse, "me concede,
Por esse Deus, que nunca hás conhecido,
Porque este e maior mal de mim se arrede.

Que, até onde disseste conduzido,
À porta de São Pedro eu vá contigo
E veja os maus que houveste referido."

Move-se o Vate então, após o sigo.

CANTO II

Depois da invocação às Musas, Dante, considerando a sua fraqueza, duvida de aventurar-se na viagem. Dizendo-lhe, porém, Virgílio que era Beatriz quem o mandava e que havia quem se interessasse pela sua salvação, determina-se segui-lo e entra com o seu guia no difícil caminho.

Fora-se o dia; e o ar, se enevoando,
Aos animais, que vivem sobre a terra,
As fadigas tolhia; eu só, velando,

Me aparelhava a sustentar a guerra
Da jornada, assim como da piedade,
Que vai pintar memória, que não erra.

Ó Musas! Ó do gênio potestade!
Valei-me! Aqui, ó mente, que guardaste
Quanto vi, mostra a egrégia qualidade.

"Poeta", assim falei, "que começaste
A guiar-me, vê bem se em mim persiste
Calor que, à empresa que me fias, baste.

Que o pai do Sílvio[9] fora, referiste,
Corrutível ainda, até o inferno
Sem perder o que em corpo humano existe.

Se do mal assim quis o inimigo eterno,
Origem vendo nele do alto efeito,
O que e o qual, segundo o que discerno,

Pela razão bem pode ser aceito;
Que para Roma e o império se fundarem
Fora no céu por genitor eleito;

À qual e ao qual cabia aparelharem,
Dizendo-se a verdade, o lugar santo
Aos que do maior Pedro o sólio herdaram.

Nessa empresa, em que o hás louvado tanto,
Cousas ouviu, de que surgiu motivo
Ao seu triunfo e ao pontifício manto.

Lá foi o Vaso[10] Eleito ainda vivo:
Conforto ia buscar, à fé, que à estrada
Da salvação princípio é decisivo.

Por que irei? Quem permite esta jornada?
Eneias, Paulo sou? Essa ventura
Nem eu, nem outrem crê ser-me adaptada.

Receio, pois seja ato de loucura,
Se eu me resigno a cometer a empresa.
Supre, és sábio, o que digo em frase escura."

---

9 Eneias. (N. T.)
10 São Paulo que nos Atos dos Apóstolos é chamado o Vaso de eleição. (N. T.)

Dante Alighieri

Como quem ora quer, ora despreza,
Sua alma a ideias novas tem disposta,
Mostrando aos seus desígnios estranheza,

Assim fiz eu na tenebrosa encosta,
Porque, pensando, abandonava o intento,
Formado à pressa, que ora me desgosta.

"Do teu dizer se atinjo o entendimento",
Do magnânimo a sombra me tornava,
"Eivado estás de ignóbil sentimento,

Que do homem muita vez faz alma ignava,
Das honrosas ações o desviando,
Qual sombra, que o corcel ao medo trava.

Desse temor livrar-te desejando,
Por que vim te direi e quanto ouvido
Hei logo ao ver-te mísero lutando.

No Limbo era suspenso: eis requerido
Por Dama fui tão bela, tão donosa,
Que as ordens suas presto lhe hei pedido.

Brilhavam mais que a estrela radiosa
Os seus olhos; suave assim dizia
De anjo com voz, falando-me piedosa:

'De Mântua alma cortês, que inda hoje em dia
No mundo gozas fama tão sonora,
Que, enquanto existir mundo, mais se amplia,

Amigo meu, que a sorte desadora,
Pela deserta falda indo, impedido
De medo, atrás os passos volta agora.

Temo que esteja tanto já perdido,
Que tarde eu tenha vindo a socorrê-lo,
Pelo que lá no céu dele hei sabido.

Parte, pois, e com teu discurso belo
E quanto o salvar possa do perigo
Lhe acode; e me console o teu desvelo.

Sou Beatriz, que envia-te ao que digo,
De lugar venho a que voltar desejo:
Amor conduz-me e faz-me instar contigo.

Voltando ao meu Senhor, em todo o ensejo
Repetirei louvor, que hás merecido'.
Tornei-lhe, quando já calar-se a vejo:

'Senhora da virtude[11], a quem tem sido
Dado só que proceda a espécie humana
Quanto é no mundo sublunar contido,

Tanto praz-me a ordem que de ti dimana,
Que, já cumprida, houvera inda demora:
Em me abrir teu querer não mais te afana.

Diz-me, porém, por que razão, Senhora,
Baixar a este centro hás resolvido
Do céu, a que ardes por voltar agora."

---
11 Senhora da virtude é a Beatriz, que simboliza a teologia. (N. T.)

Dante Alighieri

'Se queres tanto ser esclarecido
Eu te direi', tornou-me, 'frase breve
Por que sem medo às trevas hei descido.

Somente as cousas recear se deve
Que a outrem podem ser causa de dano
Não das mais: a temor a causa é leve.

De Deus favor criou-me soberano
Tal, que a vossa miséria não me empece
Nem deste incêndio assalta o fogo insano.

Nobre Dama[12] há no céu, que compadece
O mal, a que te envio; e tanto implora,
Que lá decreto austero se enternece.

Volvendo-se a Luzia[13], assim a exora:
– O teu servo fiel tanto periga,
Que ao teu amparo o recomendo agora.

Luzia, sempre do que é mau inimiga
Ergue-se e ao lugar foi, em que eu sentada
Ao lado estava de Raquel[14] antiga.

– De Deus vero louvor!" – diz-me apressada
– Por que não socorrer quem te amou tanto,
Que só por ti deixou do vulgo a estrada?

Não lhe ouves, Beatriz, o amargo pranto?
Não vês que junto ao rio é combatido,
Que ao mar não corre, por mortal espanto? –

---
12 Nobre Dama, Maria, mãe de Jesus, símbolo da misericórdia divina. (N. T.)
13 Luzia é mártir e santa, símbolo da graça iluminante. (N. T.)
14 Raquel, filha de Labão e mulher do patriarca Jacó, simboliza a vida contemplativa. (N. T.)

Os danos, tão veloz, não tem fugido
Ninguém, nem procurado o que deseja,
Como eu, em tendo vozes tais ouvido;

O trono meu deixei, por que te veja,
Fiada em teus discursos eloquentes,
Honra tua e de quem te ouvindo esteja'.

Assim falava e os olhos fulgentes
Com lágrimas a mim ela volvia,
Para apressar-me a vir assaz potentes.

A ti vim, pois, como ela requeria;
Da fera te livrei, que da colina
Tão perto já, teus passos impedia.

Que fazes, pois? Por que, por que domina
Tanta fraqueza o peito espavorido?
Por que ao valor tua alma não se inclina,

Quando és pelas três santas protegido,
Que na corte do céu por ti se esmeram,
E gozar tanto bem lhe é prometido?"

Quais flores, que, fechadas, se abateram
Da noite ao frio, e, quando o Sol aquece,
Erguem-se abertas na hástea, tais como eram,

Tal meu valor renova e fortalece.
Tanto ardimento o coração me aviva,
Que exclamei, como quem jamais temesse:

Dante Alighieri

"Ó Dama em socorrer-me compassiva!
E tu, que a voz lhe ouvindo, obedeceste,
Cortês ao rogo e com vontade ativa,

Por teu dizer no peito me acendeste
Desejo tal de vir, que sou tornado
Ao propósito, a que antes me trouxeste.

Vai, pois nosso querer está combinado.
Serás meu guia, meu senhor, meu mestre!"
Disse-lhe assim. Moveu-se ele; ao seu lado,

Pelo caminho entrei alto e silvestre.

CANTO III

Chegam os Poetas à porta do Inferno, na qual estão escritas terríveis palavras. Entram e no vestíbulo encontram as almas dos ignavos, que não foram fiéis a Deus nem rebeldes. Seguindo o caminho, chegam ao Aqueronte, onde está o barqueiro infernal, Caronte, que passa as almas dos danados à outra margem, para o suplício. Treme a terra, lampeja uma luz, e Dante cai sem sentidos.

Por mim se vai das dores à morada,
Por mim se vai ao padecer eterno,
Por mim se vai à gente condenada.

Moveu Justiça o Autor meu sempiterno,
Formado fui por divinal possança,
Sabedoria suma e amor supremo.

No existir, ser nenhum a mim se avança,
Não sendo eterno, e eu eternal perduro:
Deixai, ó vós que entrais, toda a esperança!

Estas palavras, em letreiro escuro,
Eu vi, por cima de uma porta escrito.
"Seu sentido", disse eu, "Mestre me é duro".

Tornou Virgílio, no lugar perito:
"Aqui deixar convém toda suspeita;
Todo ignóbil sentir seja proscrito.

Eis a estância, que eu disse, às dores feita,
Onde hás de ver atormentada gente,
Que da razão à perda está sujeita".

Pela mão me travando diligente,
Com ledo gesto e coração me erguia,
E aos mistérios guiou-me incontinenti.

Por esse ar sem estrelas irrompia
Soar de pranto, de ais, de altos gemidos:
Também meu pranto, de os ouvir, corria.

Línguas várias, discursos insofridos,
Lamentos, vozes roucas, de ira os brados,
Rumor de mãos, de punhos estorcidos,

Nesses ares, pra sempre enevoados,
Retumbavam girando e semilhando
Areais por tufão atormentados.

A mente aquele horror me perturbando,
Disse a Virgílio: "Ó Mestre, que ouço agora?
Quem são esses, que a dor está prostrando?"

"Deste mísero modo", tornou, "chora
Quem viveu sem jamais ter merecido
Nem louvor, nem censura infamadora.

De anjos[15] mesquinhos coro é-lhes unido,
Que rebeldes a Deus não se mostraram,
Nem fiéis, por si sós havendo sido.

Desdouro aos céus, os céus os desterraram;
Nem o profundo inferno os recebera,
De os ter consigo os maus se gloriaram."

"Que dor tão viva deles se apodera,
Que aos carpidos motivo dá tão forte?"
"Serei breve em dizer-to", me assevera.

"Não lhes é dado nunca esperar morte;
É tão vil seu viver nessa desgraça,
Que invejam de outros toda e qualquer sorte.

No mundo o nome seu não deixou traça;
A Clemência, a Justiça os desdenharam.
Mais deles não falemos: olha e passa."

Bandeira então meus olhos divisaram,
Que, a tremular, tão rápida corria,
Que avessa a toda pausa a imaginaram.

E após, tão basta multidão seguia,
Que, destruído houvesse tanta gente
A morte, acreditado eu não teria.

---

15 Os anjos que não tomaram posição na luta entre os fiéis e os rebeldes a Deus. (N. T.)

Dante Alighieri

Alguns já distinguira: eis, de repente,
Olhando, a sombra conheci daquele[16]
Que a grã renúncia fez ignobilmente.

Soube logo, o que ao certo me revele,
Que era a seita das almas aviltadas,
Que os maus odeiam e que Deus repele.

Nunca tiveram vida as desgraçadas;
Sempre, nuas estando, as torturavam
De vespas e tavões as ferroadas.

Os rostos seus as lágrimas regavam,
Misturadas de sangue: aos pés caindo,
A imundos vermes o repasto davam.

De um largo rio à margem dirigindo
A vista, de almas divisei cardume.
"Mestre, declara, aos rogos me anuindo,

Que turba é essa", eu disse, "e qual costume
Tanto a passar a torna pressurosa,
Se bem discirno ao duvidoso lume?"

Tornou-me: "Explicação minuciosa
Darei, quando tivermos atingido
Do Aqueronte a ribeira temerosa".

Então, baixos os olhos e corrido
Fui, de importuno a culpa receando,
'Té o rio, em silêncio recolhido.

---

16 Celestino V, que renunciou ao papado, tendo por sucessor Bonifácio VIII, inimigo de Dante e do seu partido. (N. T.)

Eis vejo a nós em barca se acercando,
De cãs coberto um velho "Ó condenados,
Ai de vós!", alta grita levantando.

"O céu nunca vereis, desesperados:
Por mim à treva eterna, na outra riva,
Sereis ao fogo, ao gelo transportados.

E tu que estás aqui, ó alma viva,
De entre estes que são mortos, já te ausenta!"
Como não lhe obedeço à voz esquiva,

"Por outra via irás", ele acrescenta,
"Ao porto, onde acharás fácil transporte;
Lá passarás em barca menos lenta".

"Não te agastes, Caronte! Desta sorte
Se quer lá onde", disse-lhe o meu Guia.
"Quem pode ordena. E nada mais te importe."

Sereno, ouvido, o gesto se fazia
Da lívida lagoa ao nauta idoso,
Quem em círculos de fogo olhos volvia.

As desnudadas almas doloroso
O gesto descorou; dentes rangeram
Logo em lhe ouvindo o vozear raivoso.

Blasfemaram de Deus e maldisseram
A espécie humana, a pátria, o tempo, a origem
Da origem sua, os pais de quem nasceram.

Todas no pranto acerbo, em que se afligem,
Se acolhem juntas ao lugar tremendo,
Dos maus destinos, que se não corrigem.

Caronte, os ígneos olhos revolvendo,
Lhes acenava e a todos recebia:
Remo em punho, as tardias vai batendo.

Como no outono a rama principia
As flores a perder 'té ser despida,
Dando à terra o que à terra pertencia,

Assim de Adam a prole pervertida,
Da praia um após outro se enviavam,
Qual ave dos reclamos atraída.

Sobre as túrbidas águas navegavam;
E pojado não tinham no outro lado,
Mais turbas já no oposto se apinhavam.

"Aqui meu filho", disse o Mestre amado,
"Concorrem quantos há colhido a morte,
De toda a terra, tendo a Deus irado.

O rio prontos buscam desta sorte,
De Deus tanto a justiça os punge e excita,
Tornando-se o temor anelo forte!

Alma inocente aqui jamais transita,
E, se Caronte contra ti se assanha,
Patente a causa está, que tanto o irrita."

Assim falava; a lúrida campanha
Tremeu e foi tão forte o movimento,
Que do medo o suor ainda me banha.

Da terra lacrimosa rompeu vento,
Que um clarão respirou avermelhado;
Tolhido então de todo o sentimento,

Caí[17], qual homem que é do sono entrado.

---
17 Dante, perdendo os sentidos, atravessa o Aqueronte, sem saber de que modo. (N. T.)

CANTO IV

Dante é despertado por um trovão e acha-se na orla do primeiro círculo. Entra depois no Limbo, onde estão os que não foram batizados, crianças e adultos. Mais adiante, num recinto luminoso, vê os sábios da antiguidade, que, embora não cristãos, viveram virtuosamente. Os dois poetas descem depois ao segundo círculo.

Desse profundo sono fui tirado
Por hórrido estampido, estremecendo
Como quem é por força despertado.

Ergui-me, e, os olhos quietos já volvendo,
Perscruto por saber onde me achava,
E a tudo no lugar sinistro atendo.

A verdade é que então na borda estava
Do vale desse abismo doloroso,
Donde brado de infindos ais troava.

Tão escuro, profundo e nebuloso
Era, que a vista lhe inquirindo o fundo,
Não distinguia no antro temeroso.

"Eia! Baixemos, pois, da treva ao mundo!",
O Poeta então disse-me enfiando,
"Eu descerei primeiro, tu segundo".

Tornei-lhe, a palidez sua notando:
"Como hei de ir, se és de espanto dominado,
Quando conforto estou de ti 'sperando?"

"Dos que lá são o angustioso estado
Causa a que vês no rosto meu impressa,
Piedade, medo não, como hás cuidado.

Vamos: longa a jornada exige pressa."
Entrou, e eu logo, o círculo primeiro
Em que o abismo a estreitar-se já começa,

Escutei: não mais pranto lastimeiro
Ouvi; suspiros só, que murmuravam,
Vibrando do ar eterno o espaço inteiro.

Pesares sem martírio os motivavam
De varões e de infantes, de mulheres,
Nas multidões, que ali se apinhoavam.

"Conhecer", meu bom Mestre diz, "não queres
Quais são os que assim vês ora sofrendo?
Antes de avante andar convém saberes

Que não pecaram: boas obras tendo
Acham-se aqui; faltou-lhes o batismo,
Portal da fé, em que és ditoso crendo.

Dante Alighieri

Na vida antecedendo o Cristianismo,
Devido culto a Deus nunca prestaram:
Também sou dos que penam neste abismo.

Por tal defeito (os mais nos não mancharam)
Perdemo-nos: a pena é desesp'rança,
Desejos, que para sempre se frustaram."

Ouvi-lo, em dor o coração me lança,
Pois muitos conheci de alta valia,
A quem do Limbo a suspensão alcança.

"Ó Mestre! Ó meu Senhor! Diz-me", inquiria,
Para ter da certeza o firme esteio
À fé, que os erros todos desafia,

"Por seu merecimento ou pelo alheio
Daqui alguém ao céu já tem subido?"
Da mente minha ao alvo o Mestre veio,

E falou-me: "Des'pouco aqui trazido,
Descer súbito vi forte guerreiro;
De triunfal coroa era cingido.

Almas levou, do nosso pai primeiro,
Abel, Noé, Moisés, que legislara,
Abraam, na fé, na obediência inteiro,

Davi, que sobre o povo hebreu reinara,
Israel com seu pai e a prole basta,
E Raquel, por quem tanto se afanara.

Para a glória outros muitos mais afasta
Do Limbo; e sabe tu que antes não fora
Salvo quem pertencera à humana casta".

Andávamos, enquanto isto memora,
Sem parar, pela selva penetrando,
Selva de almas, que aumenta de hora em hora,

E da entrada não longe ainda estando,
Eis um clarão brilhante divisamos
Das trevas o hemisfério alumiando.

Dali distantes ainda nos achamos
Não tanto, que eu não discernisse em parte
Que à sede de almas nobres caminhamos.

"Ó tu, que és honra da ciência e da arte,
Quem são", disse, "os que, aos outros preferidos,
Privilégio tamanho assim disparte?"

Falou Virgílio: "Assim são distinguidos
Do céu, que atende à fama alta e preclara,
Com que foram na terra engrandecidos".

Eis voz escuto sonorosa e clara
"Honrai todos o altíssimo poeta!
A sombra sua torna, que ausentara".

Quatro sombras notei, quando aquieta
O rumor, que a nós vinham: nos semblantes
Nem prazer, nem tristeza se interpreta.

Dante Alighieri

E disse o Mestre, após alguns instantes:
"Aquele vê, que, qual monarca ufano,
Empunha espada e os três deixa distantes.

É Homero, o poeta soberano;
O satírico Horácio é o outro, e ao lado
Ovídio, em lugar último Lucano.

Como lhes cabe o nome assinalado
Que soou nessa voz há pouco ouvida,
Me honrando, honrosa ação têm praticado."

A bela escola assim vi reunida
Do Mestre Egrégio[18] do sublime canto,
Águia em seu voo além dos mais erguida.

Discursado entre si tendo algum tanto,
A mim volveram gracioso o gesto:
Sorriu Virgílio, dessa mostra ao encanto.

Mais foi-me alto conceito manifesto,
Quando acolher-me ao grêmio seu quiseram,
Entre eles me cabendo o lugar sexto.

'Té o clarão comigo se moveram,
Prática havendo, que omitir é belo,
Sublime no lugar, onde a teceram.

Chegamos junto a um fúlgido castelo
Sete vezes de muro alto cercado:
Cinge-o ribeiro lindo, mas singelo.

---
18 Mestre Egrégio é Homero, príncipe da poesia épica. (N. T.)

Passei-o a pé enxuto; acompanhado
Entrei por sete portas, caminhando
De fresca relva até ameno prado.

Graves, pausados olhos meneando
Estavam sombras de aspecto majestoso,
Com voz suave rara vez falando.

A um lado, sobre viso luminoso
Subimo-nos: de lá se divisava
Dessas almas o bando numeroso.

No verde esmalte o Mestre me indicava
Egrégias sombras: inda me extasia
O prazer com que vê-los exultava.

Eletra[19] vi de heróis na companhia,
Eneias[20] com Heitor e guarnecido
Grifanhos olhos César nos volvia.

Pentesileia[21] vi e o rosto ardido
De Camila[22], e sentado o rei Latino
Junto a Lavínia estava enternecido.

---

19 Eletra, mãe de Dardano, fundador de Troia. (N. T.)
20 Eneias, príncipe troiano, filho de Anquise e de Vênus; Heitor, filho de Príamo, rei de Troia. (N. T.)
21 Pentesileia, rainha das Amazonas, morta por Aquiles. (N. T.)
22 Camila, filha de Metabo, rei latino. O rei Latino, rei dos aborígenes, pai de Lavínia, que foi mulher de Eneias. (N. T.)

Notei Márcia, Lucrécia e o que Tarquino[23]
Lançou, Cornélia e Júlia[24]; retirado
De todos demorava Saladino[25].

Alçando os olhos, de respeito entrado,
O Mestre[26] vejo dos que mais se acimam
Em saber, de filósofos cercado.

Todos com honra e acatamento o estimam.
Aqui Platão e Sócrates estavam,
Que na grandeza mais se lhe aproximam.

Demócrito, o atomista, acompanhavam
Tales, Zeno, Heráclito e Anaxágora.
Empédocle e Diógenes falavam,

Dióscoris, o que a natura outrora
Sábio estudara, Orfeu, Túlio eloquente[27],
Sêneca, o douto, que a moral explora,

Lívio, Euclides, Hipócrates ingente,
Ptolomeu, Galeno e o Avicena[28];
Averróis, nos comentos sapiente.

---

23 Márcia é a mulher de Catão Uticense. Lucrécia é a mulher de Colatino que, ao ser violada por Sesto Tarquínio, se matou. (N. T.)
24 Cornélia é a mãe dos Gracos. Júlia é a filha de César e mulher de Pompeu. (N. T.)
25 Saladino é o sultão do Egito e da Síria, que conquistou Jerusalém. (N. T.)
26 Aristóteles. (N. T.)
27 Orfeu de Trácia é o poeta e músico. Túlio eloquente é o Marco Túlio Cícero. (N. T.)
28 Ptolomeu é o autor do sistema do mundo que se chamou sistema ptolemaico. Galeno e Avicena são médicos famosos, o primeiro de Pérgamo, no Ponto, o segundo árabe. (N. T.)

Resenha não me é dado fazer plena
De todos; longo o assunto está-me urgindo,
E a ser omisso muita vez condena.

A companhia então se dividindo,
Comigo o Mestre outra vereda trilha,
Do ar sereno ao ar, que treme, vindo:

Chegados somos onde luz não brilha.

CANTO V

No ingresso do segundo círculo está Minos, que julga as almas e designa-lhes a pena. No repleno desse círculo estão os luxuriosos, que são continuamente arrebatados e atormentados por um horrível turbilhão. Aqui Dante encontra Francesca de Rimini, que lhe narra a história do seu amor infeliz.

Desci desta arte ao círculo segundo,
Que o espaço menos largo compreendia,
Onde o pungir da dor é mais profundo.

Lá 'stava Minos[29] e feroz rangia:
Examinava as culpas desde a entrada,
Dava a sentença como ilhais cingia.

Ante ele quando uma alma desditada
Vem, seus crimes confessa-lhe em chegando,
Com perícia em pecados consumada.

Lugar no inferno, Minos, lhe adaptando,
Do abismo o círc'lo arbitra, a que pertença,
Pelas voltas da cauda graduando.

---
29 Minos: rei de Creta e que na mitologia pagã era juiz do Inferno. (N. T.)

Sempre muitas se lhe acham na presença;
Cada qual tem sua vez de ser julgada,
Diz, ouve, cai, se some sem detença.

Minos, logo me vendo, iroso brada,
Do grave ofício no ato sobrestando:
"Ó tu, que vens das dores à morada,

Olha como entras e em quem estás fiando:
Não te engane do entrar tanta largueza!"
"Por que falar", meu guia diz, "gritando?

Vedar não tentes a fatal empresa:
Assim se quer lá onde o que se ordena
Se cumpre. Assaz te seja esta certeza!"

Eis já começo da infernal geena
A ouvir os lamentos: sou chegado
Onde intenso carpir me aviva a pena.

Em lugar de luz mudo tenho entrado:
Rugia, como faz mar combatido
Dos ventos, pelo ímpeto encontrado.

Da tormenta o furor, nunca abatido,
Perpetuamente as almas torce, agita,
Molesta, em seus embates recrescido.

Quando à borda do abismo as precipita,
Ais, soluços, lamentos vão rompendo.
Blasfema a Deus a multidão maldita.

Dante Alighieri

Ouvi que estão no padecer horrendo
Os que aos vícios da carne se entregavam,
Razão aos apetites submetendo.

Quais estorninhos, que a voar se travam
Em densos bandos na estação já fria,
Em rodopio as almas volteavam,

Ao capricho do vento, que as trazia.
De pausa não, de menos dor a esperança
Conforto lhes não dá nessa agonia.

Como nos ares longa série avança
De grous, que vão cantado o seu grasnido,
Assim no gemer seu, que não descansa,

Traz o tufão as sombras desabrido.
"Mestre", disse eu, "quais almas são aquelas
Que o vendaval fustiga denegrido?"

"A primeira", tornou Virgílio, "entre elas
De quem notícias ter desejarias,
Regeu nações, diversas nas eloquelas.

De luxúria fez tantas demasias
Que em lei dispôs ser lícito e agradável
Para desculpa às torpes fantasias.

Semíramis[30] chamou-se: o trono estável
Herdou de Nino e foi a sua esposa.
Do Soldão teve a terra memorável.

---
30 Semíramis é a rainha de Babilônia, viúva do rei Nino. (N. T.)

A morte deu-se a outra[31], de amorosa,
Às cinzas de Siqueu traidora e infida;
Cleópatra[32] após vem luxuriosa."

Helena[33] vi, a causa fementida
De tanto mal, e Aquiles celebrado
Que teve por amor a extrema lida.

Páris, Tristão[34] e um bando assinalado
De sombras me indicou, nomes dizendo,
Que à sepultura amor tinha arrojado.

A compaixão me estava confrangendo,
Dessas damas e antigos cavaleiros
Nomes ouvindo e mágoas conhecendo.

Então disse eu: "Poeta, aos companheiros[35]
Dois, que ali vêm, falar muito desejo:
Ao vento ser parecem tão ligeiros!"

"Hás de ter", me tornou, "asado ensejo,
Quando forem mais perto; então lhes pede
Pelo amor que os uniu: virão sem pejo".

---

31 Dido é a rainha de Cartago que amou a Eneias. (N. T.)
32 Cleópatra é a rainha do Egito. (N. T.)
33 Helena é a mulher de Menelau, rei de Esparta que causou a guerra de Troia. (N. T.)
34 Páris e Tristão são os cavaleiros dos romances medievais. (N. T.)
35 Companheiros são Francesca de Rimini e Paulo Malatesta, que foram mortos por Gianciotto Malatesta, marido de Francesca e irmão de Paulo, por eles terem se apaixonado um pelo outro. (N. T.)

Dante Alighieri

Quando acercar-se o vento lhes concede
A voz alcei: "Ó! vinde, almas aflitas,
Falar-nos, se alta lei não vo-lo impede".

Quais pombas, que saudosas de asas fitas,
Ao doce ninho, em voo despedido,
Vão pelo ar, aos desejos seus adstritas:

Tais saíram da turba, em que era Dido,
A nós as duas sombras se inclinando,
Tanto as moveu da voz o tom sentido!

– "Ente benigno, compassivo e brando,
Que nos vem visitar por este ar perso,
Tendo nós dado o sangue ao mundo infando,

Se amigo o Senhor fosse do universo,
Da paz aos rogos nossos, gozarias,
Pois te enternece o nosso mal perverso.

Enquanto o vento é quedo, o que dirias
Havemos nós de ouvir atentamente;
Diremos quanto ouvir desejarias.

Onde, a paz desejando, o Pado ingente
Com seus vassalos para o mar descende,
A terra, em que hei nascido, está jacente.

Amor, que os corações súbito prende,
Este inflamou por minha formosura,
Que roubaram-me: o modo inda me ofende.

Amor, em paga exige igual ternura,
Tomou por ele em tal prazer meu peito,
Que, bem o vês, eterno me perdura.

Amor nos igualou da morte o efeito:
A quem no-la causou, Caína, esperas."
Após tais vozes foi silêncio feito.

Daquelas almas as angústias feras
Em meditar amargo a fronte inclino
'Té que o Mestre exclamou: "Que consideras?"

Quando pude, falei: "Cruel destino!
Que doce cogitar! Que meigo encanto,
Precederam do par o fim maligno!"

Aos dois voltei-me e disse-lhes, entanto:
"Teus martírios, Francesca, me angustiam,
Movem-me o triste, compassivo pranto.

Quando os doces suspiros só se ouviam,
Como, em que Amor mostrar-vos há querido
Os desejos, que ainda se escondiam?"

"Não há", disse, "tormento mais dorido
Que recordar o tempo venturoso
Na desgraça. Teu Mestre o tem sentido.

Mas porque de saber és desejoso,
Como nasceu a flor do nosso afeto,
Direi chorando o lance lastimoso.

Dante Alighieri

Por passatempo eu lia e o meu dileto
De Lanceloto extremos namorados;
Éramos sós, de coração quieto.

Nossos olhos, por vezes encontrados,
Cessam de ler; ao gesto a cor mudara.
Um ponto só deu causa aos nossos fados.

Ao lermos que nos lábios osculara
O desejado riso, o heroico amante,
Este, que mais de mim se não separa,

A boca me beijou todo tremante,
De Galeotto fez o autor e o escrito.
Em ler não fomos nesse dia avante."

Enquanto a história triste um tinha dito,
Tanto carpia o outro, que eu, absorto
Em piedade, senti letal conflito,

E tombei, como tomba corpo morto.

CANTO VI

No terceiro círculo estão os gulosos, cuja pena consiste em ficarem prostrados debaixo de uma forte chuva de granizo, água e neve e ser dilacerados pelas unhas e dentes de Cérbero. Entre os condenados Dante encontra Ciacco, florentino que fala com Dante acerca das discórdias da pátria comum.

Do soçobro tornando a aflita mente,
Que da cópia infelice contristado
Havia tanto o padecer pungente,

Achei-me novamente circundado
De outros míseros, de outras amarguras,
Que via em toda parte, ao longe e ao lado.

Sou no terceiro círculo, onde escuras,
Eternas chuvas, gélidas caíam,
Pesadas, sempre as mesmas, sempre impuras.

Saraiva grossa, neve, água desciam
Desse ar pelas alturas tenebrosas:
No chão caindo infeto odor faziam.

Dante Alighieri

Latia com três fauces temerosas,
Cérbero[36], o cão multíface e furente,
Contra as turbas submersas, criminosas.

Sanguíneos olhos tem, o ventre ingente,
Barba esquálida, as mãos de unhas armadas;
Rasga, esfola, atassalha a triste gente.

Uivam à chuva, quais lebréus, coitados!
Mudam de lado sem cessar, buscando
Defensa e alívio, as almas condenadas.

Cérbero, o grão réptil, nos divisando
Os dentes mostra, as bocas escancara,
De sanha os membros todos convulsando.

Meu Guia, as mãos abrindo, se prepara:
Enche-as de terra, e às goelas devorantes
Lança da fera essa iguaria amara.

Qual mastim, que em latidos retumbantes
Brada de fome, e, apenas a sacia
Devorando, aquieta as iras de antes,

Tal, aplacando a fúria, parecia
O demônio que as almas atordoa:
Surdez de ouvi-lo o mal lhes pouparia.

O solo, onde pisamos, se povoa
Das sombras, que essas chuvas derrubavam:
Forma e aparência tinham de pessoa.

---

36 Cérbero é um monstro, meio cão, meio dragão, com três cabeças, que, segundo a mitologia antiga, estava à guarda do inferno. [N. T.]

Sobre a terra estendidas, a alastravam;
Mas uma surge, súbito sentada,
Aos passos que adiante nos levavam.

"Tu", disse, "que és guiado pela estrada
Do inferno, vê se acaso me conheces:
Nasceste antes de eu ser nesta morada".

Tornei-lhe: "A grande angústia em que padeces,
Tua feição lembrar-me não consente:
Inota face aos olhos me ofereces.

Quem és que em tal lugar tão duramente
Pelos pecados teus estás dando a pena?
Se há maior, nenhuma é tão displicente."

"Em tua pátria", responde, "que tão plena
Já é de inveja, que transborda o saco,
Existência gozei leda e serena.

Vós, Florentinos, me chamastes Ciacco[37]:
Por ter da gula a intemperança amado,
À chuva peno enregelado e fraco.

Mas sou nesta miséria acompanhado;
Pois quantos aqui estão de igual castigo
Punidos foram por igual pecado."

"Com dor sincera", lhe falei, "te digo
Que esse tormento o peito me enternece.
Saberás se os partidos a perigo

---
37 Ciacco é um parasita florentino. (N. T.)

Florença levarão, que já padece?
Algum justo ali vive? A que motivo
A cizânia se deve, que ali cresce?"

"Virão a sangue após ódio excessivo;
E o partido selvagem[38] triunfante
O outro lançará feroz e esquivo.

Três sóis passados, chegará o instante
De ser pelos vencidos suplantado,
Que esforça alguém, que aos dois faz bom semblante.

Por algum tempo o vencedor ousado
A cerviz calcará do outro partido
Que se aflige oprimido e envergonhado.

Justos há dois: ninguém lhes presta ouvido.
Três brandões, Avareza, Orgulho, Inveja,
Incêndio têm nos peitos acendido".

Assim a flébil narração boqueja.
Eu lhe respondo: "A informação completa;
Favor farás a quem te ouvir almeja.

Farinata e Tegghiaio[39], de alma reta,
Jacopo Rusticucci, Mosca, Arrigo,
E os mais que da virtude o amor inquieta,

Onde estão? Diz e franco sê comigo!
Saber qual seja anelo a sorte sua:
estão no céu, ou no inferno têm castigo?"

---

38 O partido selvagem: os Brancos. (N. T.)
39 Nomes de florentinos ilustres. (N. T.)

"Entre os que sofrem punição mais crua
Estão, por seus maus feitos, lá no fundo:
Se lá desces, verão a face tua.

Quando tornares ao saudoso mundo,
De mim aviva aos meus o pensamento...
Não mais: volto ao silêncio meu profundo."

Os olhos que não tinham movimento,
Torcendo fita em mim; já curva a frente
E cai entre os mais cegos num momento.

E disse o Vate: "Em sono permanente
Hão de aguardar a angélica chamada,
Quando os julgar severo o Onipotente.

Cad'um, a triste sepultura achada,
Ressurgindo na carne e na figura,
Voz ouvirá pra sempre reboada."

A passo lento assim pela mistura
Das sombras e da chuva caminhando,
Falávamos da vida, que é futura.

"Mestre", lhe disse então, "irá medrando
Depois da grã sentença esse tormento?
Igual pungir terá? Será mais brando?"

"Do teu saber recorre ao documento:
Verás que ao ente quanto mais se eleva
Do bem, da dor mais cresce o sentimento.

Dante Alighieri

Bem que esta raça condenada à treva
Jamais da perfeição se eleve à altura
Ressurgindo, há de ter pena mais seva".

Perlustramos do círculo a cintura,
De cousas praticando que não digo,
'Té descer um degrau na estância escura.

Ali está Pluto, o nosso grande inimigo.

CANTO VII

Pluto, que está de guarda à entrada do quarto círculo, tenta amedrontar a Dante com palavras irosas. Mas Virgílio o faz calar-se e conduz o discípulo a ver a pena dos pródigos e dos avarentos, que são condenados a rolar com os peitos grandes pesos e trocarem-se injúrias. Os Poetas discorrem sobre a Fortuna e, depois, descem ao quinto círculo e vão margeando o Estiges, onde estão mergulhados os irascíveis e os acidiosos.

Pape Satan, pape Satan, aleppe[40]:
Pluto com rouca voz, ao ver-nos brada.
Para que eu do conforto não discrepe,

Virgílio, em tudo sábio: "Da aterrada
Mente", me diz, "se desvaneça o susto!
Poder Pluto não tem, que tolha a entrada".

E, se volvendo ao vulto, de ira adusto,
Lhe grita: "Cala-te, ó lobo abominoso!
Em ti consome esse furor injusto!

---

[40] Verso obscuro. "Como Satã, como Satã, príncipe do Inferno... um mortal ousa penetrar aqui?" (N. T.)

Se ao abismo descemos tenebroso,
A lei se cumpre do alto, onde, em castigo,
Suplantara Miguel bando orgulhoso".

Como o mastro, abatendo, traz consigo
Velas, que o vento de feição tendia,
Baqueou-se por terra o monstro inimigo.

E, pois que o quarto círculo se abria,
Mais penetramos pela estância horrenda,
A que todo seu mal o mundo envia.

Ah! Justiça de Deus! Que lei tremenda,
Dores, penas, quais vi, tanto amontoa?
Por que da culpa nos obceca a venda?

Como em Caribde a vaga que ressoa
Embate noutra, e quebram-se espumantes:
Assim turba com turba se abalroa.

Almas em cópia, nunca vista de antes,
Fardos de um lado e de outro, em grita ingente,
Rolavam com seus peitos ofegantes.

Batiam-se encontrando rijamente,
E gritavam depois, atrás voltando:
"Por que tens?" "Por que empurras loucamente[41]?"

Assim no tetro círc'lo volteando
Iam de toda parte ao ponto oposto,
Por injúria o estribilho apregoando.

---

41 "Por que seguras tanto?" é a interrogação dos pródigos; "por que jogas fora?" é a interrogação dos avaros. (N. T.)

Nos semicírc'lo novamente rosto
Faziam, 'té o embate reiterarem.
Eu, me sentindo à compaixão disposto,

"Quem são? Que razão há para aqui estarem?"
Ao Mestre disse. "À esquerda os colocados
Clérigos são para tonsura usarem?"

"Da mente sendo vesgos, transviados
Tornou, "andaram na primeira vida,
Sempre os bens aplicando desregrados.

Quem seus clamores ouve não duvida:
Levantam grita aos termos dois chegados,
Onde oposta os separa a culpa havida:

Os que então de cabelos despojados
Clérigos, papas, cardeais hão sido,
Pela nímia avareza subjugados."

"Entre eles", respondi, "Mestre querido,
Muitos serão, por certo, que eu conheça,
Imundos desse mal aborrecido".

"Te enganas, quando assim", diz, "te pareça:
Da sua ignóbil vida a oscuridade
Vestígio não deixou, que ora apareça:

Eles se hão de embater na eternidade:
Ressurgindo, uns terão as mãos fechadas,
Os outros de cabelos pouquidade.

Dante Alighieri

Por dar mal, por mal ter, viram cerradas
Do céu as portas; penam nesta lida,
Com mágoas, que não podem ser contadas.

Vês quanto é de vaidade iludida
A ambição, em que os homens a porfiam,
Da Fortuna anelando os bens na vida.

Todo o ouro, que as entranhas conteriam
Da terra, não pudera dar repouso
A um dos que em fadiga se cruciam."

"Quem é, Mestre", falei, "o portentoso
Ser, que chamas Fortuna, que à vontade
Bens distribui ao mundo cobiçoso?"

Responde o Vate: "Ó cega humanidade,
Quanta ignorância a mente vos ofende.
Do meu pensar direi toda a verdade.

Quem pelo seu saber tudo transcende,
Os céus criando, guias elegeu-lhes;
E toda parte a toda parte esplende,

Pela luz que igualmente concedeu-lhes.
Assim fez aos mundanos esplendores,
Geral ministra[42] e diretora deu-lhes,

Que em tempo os bens mudasse enganadores
De nação a nação, de raça a raça
Contra esforços de humanos sabedores.

---
42 Geral ministra é a Fortuna. (N. T.)

A pujança de um povo é grande ou escassa
Segundo o seu querer, que, se escondendo
Qual serpe em erva triunfante passa.

Contra ela o saber vosso não valendo,
No seu reino ela tem poder e mando,
Como os outros o seu, estão regendo.

Mudanças incessante efetuando,
Se apressa por fatal necessidade,
E assim tantas no mundo vai formando.

Tal é Fortuna, a quem por má vontade
Insulta o que louvá-la deveria,
Censurando-a com dura iniquidade.

Mas, feliz, não escuta a vozeria,
E entre iguais criaturas primitivas,
Volvendo a esfera, em paz goza alegria.

Desçamos ora a dores mais esquivas;
Estrelas baixam, que ao partir surgiram;
Demoras são defesas, são nocivas."

Os nossos passos através seguiram
Do círculo até fonte, que, fervendo,
As águas brota, que torrente abriram,

A cor mais negra do que persa tendo.
Ao longo do seu curso nós baixamos,
Por caminho diverso nos movendo.

Dante Alighieri

Lagoa, dita estígia, deparamos,
Junto à encosta maligna produzida
Pelo triste ribeiro, que notamos.

Eu, que tinha a atenção toda embebida,
Vi sombras, nesse pântano, lodosas,
Desnudas, de face enfurecida.

Não só com as mãos batiam-se raivosas;
Peitos, cabeças, pés armas lhes sendo,
Com dentes laceravam-se espantosas.

"As almas, filho meu, que ora estás vendo
São dos que", disse o mestre, "venceu ira.
Como certo também fica sabendo

Que sob as águas multidão suspira,
E em borbulhões as águas entumece
Por toda essa extensão, que vista gira.

'Nos doces ares, a que o Sol aquece',
No ceno imersas dizem, 'tristes fomos:
Dentro em nós fumo túrbido recresce.

Ora no lodo inda mais triste somos',
Com voz cortada assim gargarejavam,
De palavras somente havendo assomos".

Os passos, em grande arco, nos levavam.
Do paul sobre a borda seca; o bando,
Tendo à vista, que assim lodo tragavam,

E junto de uma torre alfim chegando.

CANTO VIII

    Flégias corre com a sua barca para os dois Poetas serem conduzidos, passando à lagoa, à cidade de Dite. No trajeto encontram a Filipe Argenti, florentino, que discute com Dante. Chegando às portas de Dite, os demônios não o querem deixar entrar. Virgílio, porém, diz a Dante que não lhe falte a coragem, pois vencerão a prova e que não há de estar longe quem os socorra.

Acrescentar eu devo, prosseguindo,
Que da torre inda estávamos distantes,
Quando os olhos ao cimo dirigindo,

Dois fanais brilhar vemos vacilantes,
A que outro de tão longe respondia,
Que mal se avistam seus clarões tremantes.

E eu de todo o saber ao mar dizia:
"Os lumes dois por quê? Por que o terceiro?
Para acendê-los quem razão teria?"

"Pela onda impura", me tornou, "ligeiro
Quem se aguarda já vês, se não te empece
A vista do paul o nevoeiro".

Dante Alighieri

Qual seta, que pelo ar veloz corresse
Da corda arremessada, discernimos
Tênue batel, que vir pra nós parece.

A regê-lo um arrais distinguimos:
"Alfim chegaste, espírito execrando!"
Em retumbante grita nós lhe ouvimos.

"Flégias[43], Flégias, estás em vão bradando!",
Disse-lhe o Mestre, "nos terás somente
Enquanto formos o paul passando".

Como quem reconhece, e pesar sente,
Um grande engano, que se lhe há tecido,
Flégias assim na sua ira ardente.

Tendo Virgílio à barca descendido,
Eu segui-o: somente aos meus pesados
Passos mostrou ter carga recebido.

Em sendo o Mestre e eu no lenho entrados,
O lago foi cortando a antiga proa
Com sulcos mais que de antes profundados,

Enquanto assim corremos, eis me soa
De lutulenta sombra voz que exclama:
"Quem és que em vida vens para a lagoa?"

"Sim, venho, mas não fico nesta lama.
E tu quem és que imundo te hás tornado?"
"Bem vês: um sou que lágrimas derrama".

---

43 Flégias: personagem da antiga mitologia que incendiou o templo de Apolo, por este ter violado a sua filha. (N. T.)

E eu então: "Fica em lodo mergulhado.
Em dor, em pranto, espírito maldito!
Sei quem és, se bem estás desfigurado".

Tendeu à barca as mãos aquele aflito,
Mas por Virgílio, que o repele presto,
"Com teus iguais vai, cão, te unir!" foi dito.

Abraçando-me então com ledo gesto
Me oscula e diz: "Abençoado seja,
Quem tão altivo te gerou e honesto!

Essa alma, que de orgulho inda esbraveja,
Avessa ao bem, de raiva possuída,
Deixou em si memória, que negreja.

Quantos reis, grandes na terrena vida,
Virão, quais cerdos, se atascar no lodo,
Fama de si deixando poluída!"

"Mestre, grato me fora sobremodo
Vê-lo no ceno mergulhar profundo,
Antes de eu ter daqui saído em todo".

"Antes que a margem", respondeu jocundo,
"Avistes, gozarás dessa alegria,
Verás penar o espírito iracundo".

E logo ao pecador, como à porfia,
Tanta aflição causou a imunda gente,
Que ainda louvo a Deus, que o permitia.

Dante Alighieri

Gritavam todos: "A Filipe Argenti[44]!".
E a florentina sombra, se volvendo
Contra si, se mordia insanamente.

Lá o deixei, não mais nele entendendo.
Súbito, ouvindo um lamentar amaro,
Os olhos fitos para além e atendo.

E o bom Mestre me disse: "Ó filho caro,
'Stá perto Dite, de Satã cidade,
Que há povo infindo para o bem avaro".

"Lá do vale no fundo em quantidade
Mesquitas", respondi, "rubras discerno
De flama, creio, pela intensidade".

E o Mestre a mim: "As faz o fogo eterno
Vermelhas, que lá dentro está lavrando
Como tens visto neste baixo inferno".

Já nos profundos fossos penetrando
De que o triste alcáçar é circundado,
Me estavam ferro os muros semelhando.

Mas, após grande giro, hemos tocado
Na parte, onde o barqueiro com voz forte
"Saí", gritou, "à entrada haveis chegado!"

À porta vi daqueles grã coorte
Que o céu choveu; bramiam de despeito:
"Este quem é que, antecipando a morte,

---
44 Filipe Argenti, dos Adímari de Florença, é inimigo político de Dante. (N. T.)

Tem dos mortos no reino sido aceito?"
Meu sábio Mestre então lhes fez aceno
Para, em secreto, expor-lhe seu conceito.

Contendo um pouco às sanhas o veneno
Disseram: "Vem tu só; vá-se o imprudente,
Que neste reino entrou, de audácia pleno;

Só deixe a empresa em que embarcou demente;
Tente-o, se sabe; ficarás no entanto;
Pois és seu guia à região nocente".

Imagina, ó leitor, qual fosse o espanto
Meu escutando a horrífica ameaça:
Não deixar a mansão temi do pranto.

"Ó Mestre meu, que tanta vez a graça
Fizeste de alentar-me o peito aflito
No perigo iminente e atroz desgraça,

Não me deixes", disse eu, "neste conflito!
E, se avante passar é defendido,
Ambos voltemos do lugar maldito!"

Quem tão longe me havia conduzido
"Não temas", diz, "não pode ser vedado
O passo que por Deus foi permitido.

Aqui me espera e o ânimo prostrado
Fortalece e alimenta de esperança:
Não hás de ser no inferno abandonado."

Dante Alighieri

O doce pai se afasta e à porta avança.
Ficando assim na dúvida e incerteza,
No pró, no contra a mente se abalança.

Não pude o que propôs ouvir; na empresa
Curta há sido a detença: de repente
Esquivam-se os precitos com presteza.

De roldão cerra a porta a imiga gente
Do Mestre à face, que, ficando fora,
A mim se restitui mui lentamente.

De olhos baixos, faltava-lhe a de outrora
Afouteza, e dizia suspirando:
"Quem me tolhe da dor a estância agora?"

E logo a minha alteração notando
"Não te aflijas; que os óbices te digo
Hei de vencer que a entrada estão vedando.

Não é nova esta audácia do inimigo;
Em mais patente porta há já mostrado,
Que sem ferrolho está: viste-a comigo,

E a lúgubre inscrição lhe hás contemplado.
Deixou atrás e desce a penedia,
Pelos círc'los passando não guiado,

Abrir quem pode esta cidade ímpia".

CANTO IX

Dante pergunta a Virgílio se havia já percorrido outra vez o Inferno. Virgílio responde que já percorreu todo o Inferno e narra como e quando. Na torre de Dite se apresentam, no entanto, as três Fúrias e depois Medusa, que ameaçam a Dante. Virgílio, porém, o defende. Chega um anjo do Céu que abre aos Poetas as portas da cidade rebelde.

Do medo a cor, que o gesto me alterara,
Ao ver tornar Virgílio em retirada,
Serenou turvação, que o seu mudara.

Como escutando, espreita; que a cerrada
Névoa os ares em torno enegrecia,
E a vista, incerta, achava-se atalhada.

"Mas é mister vencer nesta porfia...",
Lhe ouvi, "se não ... socorro é prometido...
Oh! quanto a vinda sua é já tardia!"

Bem vi que das palavras o sentido,
Que a declarar apenas começava,
Fora por outros logo confundido.

Dante Alighieri

Porém maior receio me assaltava,
Na reticência auspício triste vendo,
Que na expressão talvez não se encerrava.

"A esta hórrida estância, descendendo
Do limbo, pode vir quem só padece,
A esperança", inquiri, "toda perdendo?"

O Mestre respondeu: "Raro aparece
Ensejo, que um de nós a andar obriga
Pelo caminho, que aos abismos desce.

Ali, porém, já fui, quando inimiga[45]
Esconjurou-me Ericto, que os esp'ritos
Constrangia a fazer c'os corpos liga.

Des'pouco eu me finara: por seus ritos
Ao círculo de Judas fui trazido
Para a sombra tirar de um dos precitos.

É o lugar mais fundo e denegrido,
Mais remoto do céu, que os orbes gira.
Sei o caminho: esforça-te, ó querido!

Este paul, que o bruto cheiro expira,
A cidade circunda do tormento,
Onde entrar não podemos já sem ira."

Deslembro o que mais disse: o pensamento
Da torre altiva ao cimo chamejante,
Que os olhos me prendia, estava atento.

---

45 A alma de Virgílio já desceu no mais profundo do Inferno acompanhada pela bruxa Eriton. (N. T.)

Lá o aspecto se erguia horripilante
De fúrias três; de sangue eram tingidas,
Feminis no meneio e no semblante.

De hidras verdes mostravam-se cingidas,
Cerastes, serpes cada uma tinha
Por coma, em torno à fronte entretecidas.

Virgílio, que conhece da rainha[46]
Do eterno pranto essas ancilas cruas,
"Nas Erinis[47] atenta", diz-me asinha.

"Megera à esquerda está das outras duas,
Chora à direita Aleto e fica ao meio
Tisífone." E pôs termo às vozes suas.

Co'as unhas cada qual rasgava o seio,
Com seus punhos batiam-se, em tal brado,
Que ao Vate me acerquei, de pavor cheio.

Olhando-me dizia: "Transformado
Em pedra seja por Medusa; o assalto[48]
Do ímpio Teseu não foi assaz vingado.

Volta a face; de luz o rosto falto
Conserva; que, se a Górgona[49] encarar-te,
Tu não mais tornarás da terra ao alto".

---

46 A rainha é Prosérpina. (N. T.)
47 Erínias ou as três Fúrias, filhas de Érebo e da Noite. (N. T.)
48 O assalto foi quando Teseu desceu no Inferno para raptar Prosérpina. (N. T.)
49 Górgona, o rosto de Medusa que petrificava quem o olhasse. (N. T.)

Dante Alighieri

Disse o Mestre, e volveu-me à oposta parte;
E as mãos juntando às minhas que não bastam,
Os olhos amparar-me quis dessa arte.

Ó vós cujas ideias não se afastam
Das leis da sã razão, vede os preceitos
Que destes versos sobre o véu se engastam.

Eis sobre as águas túrbidas desfeitos
Troam sons de fracasso temeroso;
Tremendo, as margens sentem-lhe os efeitos.

O tufão assim freme impetuoso,
Que, de ardores contrários se excitando,
Sem pausa fere a selva, e furioso,

Quebrando ramas, flores arrancando,
Entre nuvens de pó soberbo assalta
Feras, pastores e lanoso bando.

Os olhos descobriu-me e disse: "Exalta
A vista agora até a espuma antiga,
Onde mais acre a cerração ressalta".

Quais rãs, divisando a cobra imiga,
Todas da água no seio desaparecem,
E cada qual no lodo entra e se abriga,

Tais milhares de espíritos parecem,
Em derrota fugindo ante a figura
Que passa; n'água os pés não se umedecem.

Movendo a esquerda mão, a névoa escura,
Que lhe era em torno ao vulto, dissipava:
Só este afã lhe altera a face pura.

Ser ele conheci que o céu mandava;
A Virgílio voltei-me, e mudo e quieto
Ao aceno, que fez, eu me acurvava.

Quantos lumes reflete o iroso aspecto!
À porta chega: ao toque de uma vara
Abre-se a entrada do alcançar infecto.

"Ó turba vil, que o céu de si lançara!",
Ao limiar falou da atroz cidade,
"Donde vos vem da audácia a insânia rara?

Por que recalcitrais à alta vontade,
Que sempre cumpre o seu excelso intento,
E à dor já vos cresceu a intensidade?

Cuidais pôr ao destino impedimento?
Cérbero[50], o vosso, na memória tende:
Trilhados inda estão-lhe o colo e o mento".

Então pelo caminho imundo estende,
Sem nos falar, os passos semelhante
A quem outros cuidados a alma prende,

Daqueles, que há presentes, bem distante.
Nós à cidade afoutos caminhamos:
Deu-nos esforço o seu falar pujante.

---

50 Cérbero, guardião do Inferno, foi vencido por Hércules quando este desceu ao Inferno. (N. T.)

Já, removido todo o pejo, entramos.
Eu, que sentia de saber desejo
Quanto o forte contém que franqueamos.

Como fui dentro, a tudo pronto, vejo
Campanha em toda parte ilimitada,
Mas não espaço às punições sobejo.

Como em Arle[51], onde o Rône faz parada
Ou junto a Pola, de Quernaro perto,
De que à Itália a fronteira está banhada,

está de sepulcros desigual e incerto
O solo: outros assim a estância feia,
Mas de modo mais agro, tem coberto.

Entre eles chama horrífica serpeia
E os abrasa inda mais que frágua ardente
Que arte para amolgar o ferro ateia.

Alçada a tampa, é cada qual patente.
Dali surgia um lamentar profundo,
De miséreo gemido permanente.

"Ó Mestre meu, quais foram lá no mundo",
Eu disse, "aqueles, que no duro encerro
Denunciam tormento sem segundo?"

"Aqui estão os hereges por seu erro,
Com seus sequazes dos diversos cultos:
São mais do que tu crês em cada enterro.

---

51 Alusão aos túmulos romanos, numerosos na Provença perto de Arles e em Pola, na Ístria. (N. T.)

Iguais com seus iguais estão sepultos,
Uns túmulos mais que outros são candentes."
À destra então voltou: com tristes vultos,

Passamos entre o muro e os padecentes.

CANTO X

    Caminhando os Poetas entre as arcadas, onde estão penando as almas dos heresiarcas, Dante manifesta a Virgílio o desejo de ver a gente nelas sepultada e de falar a alguém. Nisto ouve uma voz chamá-lo. É Farinata degli Uberti. Enquanto o Poeta conversa com ele, é interrompido por Cavalcante Cavalcanti, que lhe indaga por seu filho Guido. Continua Dante o começado discurso com Farinata, que lhe prediz obscuramente o exílio.

Entra Virgílio por vereda estreita,
Que entre o muro e os martírios vai seguindo:
Após os seus meu passo se endireita.

"Virtude suma! Ó tu, que, dirigindo
Me estás, ao teu sabor na estância triste,
Me instrui, ao meu desejo deferindo.

A gente ver se pode que ora existe
Naquelas sepulturas descobertas,
A que nem guarda, nem defesa assiste?"

"Serão", me respondeu, "todas cobertas
No dia, em que, de Josafá tornando,
Os corpos tragam, de que estão desertas.

Epicuro aqui jaz com todo o bando
Dos discípulos seus, que professaram
Que alma fenece, a vida em se acabando.

O que as tuas palavras declararam
Satisfeito há de ser, como o que vejo
Dos votos que em teu peito se ocultaram".

"Não te expus, meu bom Mestre, quanto almejo,
Porque de breve ser tenho o cuidado,
E a mais longo dizer não deste ensejo".

"Ó Toscano, que, vivo hás penetrado
Do fogo na cidade e és tão modesto,
Detém-te um pouco, se te for de agrado.

Por teu falar me está bem manifesto
Que nessa nobre pátria tens nascido,
A que fora eu talvez assaz molesto."

Ouço este som, de súbito saído
De um dos jazigos: tanto eu me torvara,
Que ao Mestre me achegava espavorido.

"Que temes tu?", Virgílio diz, "Repara:
É Farinata[52] em seu sepulcro alçado,
Do busto em toda a altura, se depara".

Na sombra os olhos tinha eu já fitado:
Altiva levantava a fronte e o peito,
Como em desprezo do infernal estado.

---

52 Farinata degli Uberti, nobre florentino, chefe dos gibelinos, que combateu os guelfos em Montaperti (1260); e depois, com a sua autoridade, impediu que a cidade fosse destruída. (N. T.)

Dante Alighieri

Por entre as tumbas me levou direito
Ao vulto o Mestre com seu braço presto,
Dizendo-me: "Sê claro em teu conceito!"

Junto ao sepulcro apenas fui, com gesto
Severo um pouco olhou-me e desdenhoso
"Teus maiores?", falou, "Faz manifesto".

Eu, já de obedecer-lhe desejoso,
Quanto sabia expus-lhe francamente.
O sobrolho arqueava um tanto iroso,

E tornou: "Guerra crua fez tua gente
A mim, aos meus avós, ao partido;
Mas duas vezes[53] bani-os justamente".

"Mas todos os que expulsos tinham sido
Se hão, de uma e de outra vez repatriado:
Não têm essa arte os vossos aprendido".

Surgindo então de Farinata ao lado
Somente o rosto um vulto[54] nos mostrava,
Sobre os joelhos, cheio, levantado.

Com ansiosos olhos me cercava
A ver se alguém viera ali comigo.
Mas, perdida a esperança, que o animava,

Pranteando inquiriu: "Se ao reino inimigo
Por prêmio baixas do teu alto engenho,
Onde é meu filho? Pois não vem contigo?"

---

53 Os ascendentes de Dante, guelfos, duas vezes foram banidos de Florença. (N. T.)
54 Vulto é Cavalcante Cavalcanti, pai de Guido, poeta e amigo de Dante. (N. T.)

"Por moto próprio aqui", volvi, "não venho;
Perto me aguarda quem meus passos guia,
Vosso Guido talvez teve-o em desdenho".

A pena sua e as vozes, que lhe ouvia,
Denunciado haviam-me o seu nome:
Pude assim responder quanto cumpria.

Súbito ergueu-se o espírito e gritou-me:
"Teve disseste: não mais vive agora?
O corpo seu a terra já consome?"

Como eu tivesse em responder demora
À pergunta, de costas recaía,
E novamente não mostrou-se fora.

Mas esse outro magnânimo, que havia
De antes falado não mudou de aspeito;
No colo e busto imóvel persistia.

"Se aquela arte não dera ao meu proveito",
Prosseguiu, "me produz esta certeza
Maior tormento no adurente leito.

Porém vezes cinquenta a face acesa
Não mostrará do inferno a soberana
Sem que tu saibas quanto essa arte pesa.

Assim possas voltar à vida humana!
Contra os meus, diz, por que tanta maldade
Em cada lei, que desse povo emana?"

Dante Alighieri

Eu respondi: "O estrago, a mortandade,
Que do Árbia as águas de rubor tingira
A cúria nossa move à austeridade".

Inclinando a cabeça então, suspira
E diz: "não fui lá só naquele dia,
Nem sem motivo aos outros eu seguira.

Porém achei-me só, quando exigia
De Florença a ruína o geral brado:
A peito descoberto eu defendia-a."

"Seja o descanso à vossa prole dado:
Mas, vos suplico, de penoso enleio
Fique o juízo meu descativado.

Se bem percebo, do futuro ao seio
Subindo e ao tempo o curso antecipando,
Do presente ignorais todo o rodeio."

"Os que têm vista má nos semelhando",
Tornou-me, "as cousas mais distantes vemos,
De Deus última luz em nós raiando.

Quando estão perto ou no presente as temos
Se apaga a lucidez, e a mente aprende
Por outrem só o que de vós sabemos.

Ciência nossa do porvir depende;
Em sendo a porta do porvir cerrada,
Essa luz morre em nós, não mais se acende."

Então minha alma, de remorso entrada,
"Dize – replico – à sombra, a quem falava,
Que o filho[55] inda entre os vivos tem morada.

"Se presto lhe não disse o que exorava,
Da dúvida, que, há pouco, heis me explicado
Pela influência dominado eu 'stava".

Se bem fosse do Mestre apelidado,
Rogando a sombra a me dizer prossigo
As almas, de quem 'stava acompanhando.

Respondeu: "Muitos mil jazem comigo
Aqui dentro, o Segundo Frederico[56],
Com ele o cardeal[57], de outros não digo".

Dos olhos se apartou. A cismar fico,
Voltando ao sábio Mestre, na ameaça
Desse, que ouvira, vaticínio único.

Ele caminha, e, enquanto avante passa,
Me diz: "Por que és torvado?". Eu tudo conto
Expondo o que me inquieta e me embaraça.

"Do que ouviste a memória cada ponto
Conserva!", o sábio ordena; e, logo, alçando
O dedo, segue: "Agora escuta pronto.

---

55 O filho é Guido Cavalcanti, que ainda está vivo. (N. T.)
56 Frederico II da Suábia, tido como herege. (N. T.)
57 O Cardeal é Otávio Degli Ubaldini, também tido como herege. (N. T.)

Dante Alighieri

Ante o doce raiar daquela estando,
Que tudo aos belos olhos tem presente,
Se irão da vida os transes revelando."

Moveu-se logo à esquerda diligente;
Deixando o muro, ao centro caminhava
Por senda, que descia ao vale horrente,

Que hediondos vapores exalava.

CANTO XI

    Os Poetas chegam à beira do sétimo círculo. Sufocados pelo mau cheiro que se levanta daquele báratro, param atrás do sepulcro do papa Anastácio. Virgílio explica a Dante a configuração dos círculos infernais. O primeiro, que é o sétimo, é o círculo dos violentos. Como a violência pode dar-se contra o próximo, contra si próprio e contra Deus, o círculo é dividido em três compartimentos, cada um dos quais contém uma espécie de violentos. O segundo círculo, que é o oitavo, é o dos fraudulentos e se compõe de dez círculos concêntricos. O terceiro, que é o nono, se divide em quatro compartimentos concêntricos. Fala-lhe também acerca dos incontinentes e dos usurários. Movem-se depois para o lugar de onde se desce para o precipício.

À borda de alta riba assim chegamos,
Que em círc'lo rotas penhas conformavam:
De lá mais crus tormentos divisamos.

Do fundo abismo exalações brotavam,
Tão acres, que a fugir nos obrigaram
Para trás das muralhas elevadas

De um sepulcro, em que os olhos decifraram:
"Sou do papa Anastácio a sepultura,
Que de Fotino[58] os erros transviaram".

"Lentamente desçamos desta altura:
Assim, o olfato ao mau odor afeito,
Não hemos de sentir-lhe a ação impura."

A Virgílio tornei: "Proceda a jeito,
Ó Mestre, por que o tempo consumido
Na demora, não corra sem proveito".

"Já 'stava o meio, ó filho, apercebido.
Nestas penhas três círc'los há menores,
Por degraus, como os outros, que hás descido.

Plenos 'stão de malditos pecadores.
Por que, em vendo, os conheças logo, atende:
Direi seus crimes e da pena as dores.

Todo mal, que no céu cólera acende,
Injustiça há por fim, que o dano alheio,
Usando fraude ou violência, tende.

Próprio do homem por ser da fraude o meio
Mais descontenta a Deus; mores tormentos
Em lugar sofre de aflições mais cheio.

---

[58] Engano de pessoa em que cai Dante, em conformidade com as crônicas do seu tempo. Não foi o papa Anastácio II, mas o imperador grego Anastácio I que foi transviado pela heresia de Fotino. (N. T.)

Dos círc'los o primeiro é dos violentos;
Mas, força a três pessoas se fazendo,
Foi construído em três repartimentos.

A Deus, a si, ao próximo ofendendo,
Nas pessoas, nos bens a força fere,
Como hás de convencer-te, me entendendo.

Morte ou dor força ao próximo confere.
Com ruína, com fogo os bens lhe invade.
Quando pela extorsão não se apodere.

Homicidas, os que usam feridade,
Ladrões, devastadores, torturados
'Stão no primeiro, em turmas, sem piedade.

Homens há contra si cruéis, irados
Ou contra os próprios bens: pois no segundo
Recinto jazem sempre amargurados,

Quem se privara do terreno mundo,
Os que seus cabedais malbarataram,
Quem chora onde pudera estar jucundo.

Contra Deus violências homens preparam,
Se o negam, se o blasfemam, desdenhando
Natura e os dons, que nela se deparam.

No recinto menor sinal nefando
Caors marca igualmente com Sodoma,
E os que pecaram contra Deus falando.

Dante Alighieri

A fraude em que o remorso tanto assoma,
Ou trai a confiança ou premedita
Danos a quem desprevenido toma.

A fraude desta espécie se exercita
Contra os laços de amor, que faz natura:
Portanto no segundo círc'lo habita

Adulação com simonia impura,
Hipócritas, falsários, feiticeiros,
Rufiães e outros dessa laia escura.

Transtorna a outra afetos verdadeiros,
Que inspira a natureza e os que origina
A mútua fé nos ânimos inteiros.

E, pois, no círc'lo extremo, que domina
Da terra o centro e onde Dite pesa,
Eterna pena aos tredos se destina."

"Tem, Mestre", eu disse, "o cunho da clareza
O que expões, distinguindo exatamente
A geena do inferno e a gente presa.

Diz-me: os que jazem na lagoa ingente,
Os que flagela o vento ou chuva imiga,
Os que se encontram em frêmito insolente,

Por que Deus lá em Dite os não castiga,
Se a ira a Deus seus feitos acenderam?
Se não, por que a aflição tanto os fustiga?"

"Deliras? Da tua mente se varreram
Princípios sãos", tornou, "a que és afeito?
A que rumo as ideias se volveram?

Olvidas, porventura, esse preceito,
De que houveste na Ética[59] a ciência,
Das três disposições, que em mau conceito

Estão do céu, malícia, incontinência
E furor bestial? Como a segunda
Importa a Deus menor irreverência?

Se atentas em verdade tão profunda,
Se lembras quais são esses que padecem
Acima da mansão, que o fogo inunda,

Verás então ser justo não sofressem
Daqueles maus a par, menos pesada
Punição culpas suas merecessem".

"Sol, que me aclara a vista perturbada,
Às lições tuas dou tamanho apreço,
Que o duvidar, como o saber, me agrada.

Tornando ao que disseste, expliques peço,
Por que motivo, Mestre, usura ofende
A divina bondade em tanto excesso."

"Filosofia", disse, "quem a atende
Tem demonstrado, quase em toda parte,
Que a natureza a sua origem prende

---

59 A Ética de Aristóteles. (N. T.)

Dante Alighieri

Do divino intelecto e da sua arte.
Da Física em princípio hás conhecido
Preceito, que hei mister recomendar-te:

Que é da vossa arte ir sempre que há podido
Após natura – à mestra obediente;
– Neta de Deus chamá-la é permitido.

Da natureza e da arte, se tua mente
O Gênese em começo lembra, colhe
O seu sustento e haver a humana gente.

Usura bem diversa estrada escolhe
Natura e a aluna sua menospreza,
Esperança e cuidado e mal recolhe.

Mas andemos; prossiga a nossa empresa.
Vão no horizonte os Peixes assomando;
Voltando sobre o coro o culto pesa

E, além, a rocha está passagem dando".

CANTO XII

O Minotauro está de guarda ao sétimo círculo. Vencida a ira dele, chegam os Poetas ao vale, em cujo primeiro compartimento veem um rio de sangue fervendo, no qual são punidos os que praticaram violências contra a vida ou as coisas do próximo. Uma esquadra de Centauros anda em volta do paul vigiando os condenados, frechando-os se tentam sair do rio de sangue. Alguns desses Centauros pretendem deter os Poetas, porém Virgílio os domina, conseguindo que um deles os escolte e transporte na garupa a Dante. Na passagem o Centauro, que é Nesso, fala a respeito dos danados que sofrem a pena no rio de sangue.

Da descida era o passo tão fragoso
E tal por quem lá estava à guarda e atento,
Que se fazia à vista pavoroso.

Como a ruína, que daquém de Trento,
O Ádige feriu, por terremoto
Ou por faltar de chofre o fundamento;

Do viso ao val do monte, que foi roto,
Tão derrocada vê-se a penedia,
Que a descê-la o caminho é quase imoto.

A ribanceira assim nos parecia.
E à borda do penedo fracassado
De Creta o monstro[60] infame se estendia,

Da falsa vaca torpemente nado.
Apenas viu-nos, se mordeu fremente,
Como quem pela raiva é devorado.

"Cuidas", bradou-lhe o sábio incontinenti,
"Ser de Atenas o príncipe, o que à morte
Lá sobre a terra te arrojou valente?

Arreda, bruto! Que este é de outra sorte;
Da tua irmã não recebera ensino;
De vós outros vem ver a pena forte".

Qual touro desprendido, quando o tino
Mortal golpe lhe rouba, que não pode
Correr, mas salta a vacilar mofino:

Assim o Minotauro. O Mestre acode
Dizendo-me: "Demanda presto a entrada
E desce, enquanto em vascas se sacode".

A quebrada descíamos formada
De pedras soltas; cada qual, movida,
Cedia, em sendo por meus pés calcada.

E eu cismava. Ele disse: "Tens sorvida
A mente na ruína, que do horrendo
Monstro a ira defende já vencida.

---

60 O Minotauro, nascido de um touro e de Pasifae, o qual foi morto por Teseu. (N. T.)

Deves saber que, de outra vez descendo
Até o extremo lá do baixo inferno,
Esta rocha não vi, como a estás vendo,

Mas, pouco antes de vir se bem discerno,
Aquele que há tomado a grande presa,
A Dite, lá no círculo superno,

Deste val tremeu tanto a profundeza,
Que sentisse pensei todo o universo
O amor, com que alguém diz ter certeza

De que ao caos muita vez será converso.
Foi aqui, noutras partes, nesse instante,
Roto o velho penhasco em treva imerso.

Mas olha o vale: o rio é não distante
De sangue, onde verás fervendo aquele,
Que violência exerceu no semelhante.

Ó ira louca, ó ambição, que impele
Na curta vida nossa, ao inferno arrasta
E para sempre nos submerge nele!"

Eis uma cava divisei mui vasta,
Que abrangia, arqueada, o plano inteiro,
Como dissera quem do mal me afasta.

No espaço, a que o penhasco é sobranceiro,
Centauros correm, setas agitando,
Como soíam no viver primeiro.

Dante Alighieri

Descer nos vendo, para o ardido bando.
Três de entre eles então nos demandaram,
Os arcos e arremessos preparando.

Os brados de um de longe nos soaram:
"Vós, que desceis, dizei a pena vossa;
De lá falai, ou tiros se disparam!"

Virgílio respondeu: "Resposta nossa
Terá Quiron[61] de perto, sem demora.
Sempre te dana a pressa que te apossa".

Tocou-me e disse: "Quem nos fala agora
É Nesso, o que morreu por Dejanira;
Mas se vingou de quem fatal lhe fora.

Esse do meio, que o seu peito mira,
Aio de Aquiles, é Quiron famoso;
Esse outro é Folo, sempre aceso em ira.

Aos mil em volta ao rio sanguinoso
As almas seteavam, que excediam,
Mais do que é dado, o líquido horroroso".

Àqueles monstros que ágeis se moviam,
Chegamo-nos. Quiron com seta ajeita
Os cabelos, que os lábios lhe encobriam.

Quando desta arte a larga boca afeita,
Disse à companha: "Haveis já reparado
Que move aquele tudo, em que os pés deita?

---

61 Centauro morto por Hércules, quando do rapto de Dejanira. (N. T.)

Nunca assim pés de morto hão caminhado".
O Guia meu, que junto já lhe estava
Do peito, onde era um ser noutro enleado,

"Vivo está, vem comigo", lhe tornava,
"A visitar o val maldito, escuro
Para cumprir dever, que lho ordenava.

Deixando de cantar o hosana puro
Alguém me há cometido o cargo novo.
Não é ladrão, nem eu esp'rito impuro:

Em nome do poder, por quem eu movo
Os passos meus em tão medonha estrada,
Envia algum, que escolhas no teu povo,

Por nos mostrar a parte acomodada
Ao vau, e no seu dorso haver transporte
Quem não é sombra ao voo aparelhada".

Quiron volveu-se à destra e a Nesso forte
"Torna atrás", disse, "e serve-lhes de guia:
Que outro bando o caminho lhes não corte!"

Já partimos na fida companhia,
As ondas costeando rubras, quentes,
Donde agudo estridor ao ar subia.

'Té os cílios no sangue os padecentes
Eu vi. Disse o Centauro: "São tiranos
Truculentos e em roubo preminentes.

Chora-se aqui por feitos desumanos.
Alexandre aqui está, Dionísio antigo[62]
Que gemer fez Sicília tantos anos.

De negra coma, aqui sofre o castigo
Azzelino[63]; e o que está, louro, ao seu lado
Obizzio d'Este[64], ao qual (verdade eu digo)

Roubara a vida o pérfido enteado".
E o Vate, a quem voltei-me, assim dizia:
"O segundo lugar me é reservado".

Pouco além parou Nesso: olhar queria
Uma turba, que, estando submergida,
Toda a cabeça para fora erguia,

Disse, indicando uma alma[65] retraída:
"Perante Deus um coração ferira,
Que inda Londres venera estremecida".

A cabeça vi de outros, que subira
Do rio à superfície e o inteiro busto,
Suas feições no mundo eu distinguira:

Ia baixando o sangue até que a custo
Os pés cobria a quem passar quisesse:
O fosso ali vencemos já sem custo.

---

62 Alexandre, tirano de Fere na Tessália ou Alexandre de Macedônia. Dionísio, tirano de Siracusa. (N. T.)
63 Azzelino III de Romano, tirano da Marca Trevisana. (N. T.)
64 Obizzio d' Este é o tirano de Ferrara. (N. T.)
65 A alma é Guido de Monfort, que matou a Arrigo, irmão de Eduardo I, rei da Inglaterra, cujo coração foi colocado num monumento. (N. T.)

"Se desta parte o borbulhão parece
Do rio escassear, eu te asseguro",
Disse Nesso, "que mais engrossa e desce

Na parte oposta até juntar-se ao escuro
Pego em que, como hás visto, a tirania
As penas dá no seu tormento duro.

A divina justiça lá crucia
Esse Átila[66], que açoite foi da terra,
Pirro[67] e Sexto; e redobrar-se a agonia

Dos dois Renatos, que tamanha guerra
Fizeram nas estradas, salteando,
O Pazzo e o de Corneto." E a fala cerra.

Voltou depois do rio o vau passando.

---

66 Átila, rei dos Hunos, chamado o flagelo de Deus. (N. T.)
67 Pirro, filho de Aquiles, que matou Príamo. (N. T.)

CANTO XIII

Os dois Poetas entram no segundo compartimento, onde são punidos os violentos contra si mesmos e os dilapidadores dos próprios bens. Os primeiros são transformados em árvores, cujas negras folhas as Hárpias dilaceram; os outros são perseguidos por cães famintos que os despedaçam. Dante encontra Pedro des Vignes, de quem ouve os motivos pelos quais se suicidou e as leis divinas em relação aos suicidas. Vê depois o senense Lano e o paduano Jacob de Sant'Andréa. Ouve, enfim, de um suicida florentino, qual é a causa dos males da sua pátria.

Não 'stava ainda Nesso do outro lado,
Quando nós por um bosque penetramos,
Dos vestígios de passos não marcado.

Não fronde verde, mas escura, ramos
Não lisos, mas travados e nodosos,
Não pomos, puas com veneno achamos.

Por silvados mais densos, mais umbrosos,
Do Cecina a Corneto, a besta brava,
Não foge, agros deixando deleitosos.

Das Hárpias o bando aqui pousava.
Que expeliram de Strófade os Troianos,
Vaticinando o mal, que os aguardava.

Asas têm largas, colo e rosto humanos,
Garras nos pés, plumoso e ventre enorme,
Soam na selva os uivos seus insanos.

E disse o Mestre: "Convém já te informe
Que o recinto segundo vais entrando,
Onde verás spetáculo disforme,

Até que ao areal chegues infando.
Atenta! E darás fé à narrativa,
Que fiz, ainda lá no mundo estando".

Em toda parte ouvi grita aflitiva:
Como não via quem assim gemesse,
Parei e a torvação se fez mais viva.

Creio que o Mestre cria então que eu cresse
Que esses lamentos enviava aos ares
Uma turba, que aos olhos se escondesse;

Pois disse-me: "De um tronco se quebrares
Um só raminho, ficarás ciente
Desse erro em que se enleiam teus pensares".

O braço estendo então e prontamente
Vergôntea quebro. O tronco, assim ferido,
"Por que razão me arrancas?" diz fremente.

Dante Alighieri

De sangue negro o ramo já tingido,
"Por que me rompes?", prosseguiu gemendo,
"Assomos de piedade nunca hás tido?

Fui homem, hoje o lenho, que estás vendo!
Mais compassiva a tua mão seria
Se alma aqui fosse de um dragão tremendo".

Como acha verde, quando se incendia
Num extremo s'estorce, no outro estala,
Chiando e a umidade fora envia:

Daquela árvore assim brotava a fala,
E o sangue; a minha mão já desprendera
O ramo, e, entanto, o horror no peito cala.

"Se de antes ele acreditar pudera",
Lhe torna o sábio Mestre, "alma agravada,
O que eu nos versos meus lhe descrevera,

Por te ferir sua mão não fora alçada.
Não crera eu mesmo, e tanto que o induzira
Ao feito, que me pesa e desagrada.

Diz-lhe quem foste e as dúvidas lhe tira.
O mal te compensando, a fama tua
Há de avivar no mundo, a que retira."

E o tronco: "Alívio tanto à dor, que atua,
Causais, que de bom grado eu já explico:
Ao triste dai que a mágoa exprima sua.

Fui quem do coração de Frederico[68]
As chaves tive e usei com tanto jeito,
Fechando e desfechando que era rico

Da fé com que a mim só rendeu seu peito
No glorioso cargo fui constante,
Força, alento exauri por seu proveito.

A torpe meretriz, que, a todo instante
Ao régio paço olhos venais volvendo,
Morte comum, das cortes mal flagrante,

Contra mim ódio em todos acendendo,
Por eles acendeu iras de Augusto,
Que honras ledas tornou-me em luto horrendo.

Ressentindo-me então do mundo injusto,
Por fugir seus desdéns, buscando a morte,
Comigo iníquo fui eu, que era justo.

Pelo tronco em que peno desta sorte,
Que jamais infiel hei sido, juro,
Ao Rei meu, que houve a glória por seu norte,

De vós o que voltar à luz adjuro
Que a memória me salve ao nome honrado,
Que vulnerou da inveja o golpe duro".

---

[68] Pedro des Vignes, secretário de Frederico II que se suicidou por ter sido acusado de trair o seu rei. (N. T.)

Dante Alighieri

O vate inda esperou. "Pois se há calado",
Disse-me, "fala, se tu mais desejas
E pede-lhe: do tempo és apressado".

Tornei: "Tu mesmo inquires quanto vejas
Mais convir-me; que eu sinto-me inibido
Por mágoas, que em minha alma são sobejas".

Ele então: "Se o desejo teu cumprido
For por este homem, nobremente usando,
Te apraza, encarcerada alma, ao pedido

Nosso atender, e como nos mostrando
Se liga ao tronco o esp'rito e se é factível
Soltar-se um dia, o vínculo quebrando".

Soprou de rijo o lenho; e perceptível
Aquele som desta arte nos dizia:
"Resposta breve dou quanto é possível.

Quando os laços do corpo uma alma ímpia
Destrói por si, do seu furor no enleio
Ao círc'lo sete Minos logo a envia.

Na selva tomba e aonde acaso veio,
E como o seu destino lhe consente,
Aí, qual grão germina de centeio,

Vai crescendo até ser árvore ingente:
As Hárpias, que a fronde lhe devoram,
Causam-lhe dor, que rompe em voz plangente.

Hemos de ir onde os corpos nossos moram,
Como as outras, mas sem que os revistamos,
Mor pena aos que em perdê-los prestes foram.

Arrastados serão por nós: aos ramos
Pendentes ficarão nesta floresta
Nos troncos, em que, assim, vedes, penamos".

Ouvíamos ainda a sombra mesta,
De mais dizer cuidando houvesse o intento.
Eis sentimos rumor, que nos molesta.

Assim monteiro, à caça pouco atento,
Do javardo e dos cães ouve o estrupido
E das ramadas o estalar violento.

Súbito vejo à esquerda, espavorido,
Fugindo esp'ritos dois nus, lacerados,
Ramos rompendo ao bosque denegrido.

"Ó morte!", um clama[69], "acode aos desgraçados!"
O segundo, que tardo se julgava:
"Ninguém, ó Lano[70], os pés tanto apressados

De Toppo nas refregas te observava!"
Porém, de todo já perdido o alento,
Numa sarça acolheu-se que ali 'stava.

Corria, enchendo a selva, em seguimento
De famintas cadelas negro bando,
Quais alões da cadeia ao todo isento

---

69 Giacomo di S. Andrea, morto por Ezzelino de Romano. (N. T.)
70 Lano de Siena, que morreu em Pieve del Toppo, na batalha entre Senenses e Aretinos. (N. T.)

Dante Alighieri

A sombra homiziada se enviando,
A fez pedaços a matilha brava,
E logo após levou-os ululando.

Então meu Guia pela mão me trava,
Conduz-me à sarça, que se em vão carpia
Pelas roturas, que o seu sangue lava.

"Ó Jacó Santo André!", triste dizia,
"Podia eu ser-te acaso amparo certo?
Em mim por crimes teus que culpa havia?"

Disse-lhe o Mestre, quando foi mais perto:
"Quem és tu, que o teu sangue e mágoas exalas
Por golpes tantos, de que estás coberto?"

Tornou-lhe: "Ó alma que dessa arte falas
E tu que o dano vês, que me separa,
Da fronde minha, agora amontoá-las

Dignai-vos junto à rama, que as brotara.
Na cidade nasci que por Batista[71]
Deixou prisco patrão, que da arte amara

Sempre pelos efeitos a contrista.
E se do Arno na ponte não restasse
Um vestígio, que traz seu culto à vista,

---

71 Florença, antes de tornar-se cidade protegida por S. João Batista, tinha como protetor Marte, do qual restava uma estátua sobre a ponte Vecchio. (N. T.)

Talvez ela à existência não tornasse,
E quem das cinzas, que Átila há deixado,
Levantou-a os esforços malograsse.

Na minha própria casa hei-me enforcado".

CANTO XIV

O terceiro compartimento no qual agora chegam os Poetas é um campo de areia ardente, devastado por grandes chamas de fogo. Aí estão os violentos contra Deus, contra a natureza e contra a arte. Entre os primeiros está Capaneo, que desafia a Deus. Seguindo, Dante e Virgílio chegam a um regato sanguíneo. Deste e dos outros rios do Inferno Virgílio narra a origem misteriosa.

De amor do pátrio ninho comovido,
Essas dispersas folhas reunindo,
À sarça as dei, que tinha a voz perdido.

Ao limite, dali, fomos seguindo,
Em que parte o recinto co' terceiro,
Onde a justiça horrível 'stá punindo.

Para expressar-lhe o aspecto verdadeiro,
Eu digo que à charneca então chegamos,
De plantas nua em seu espaço inteiro.

Da dor a selva a cerca dos seus ramos,
Como o fosso a torneia sanguinoso:
Ali, rente co'a borda, os pés firmamos.

O plaino era tão árido e arenoso,
Como o que de Catão os pés outrora
Na jornada calcaram fadigoso.

Ó vingança de Deus, quem não te adora
Nos tremendos efeitos meditando,
Que eu próprio olhei, que a minha voz memora!

De almas nuas eu via infindo bando,
Por modos diferentes torturadas,
Miseráveis, mesquinhas pranteando.

Jaziam sobre o dorso umas deitadas,
Outras, dobrando os membros, se assentavam,
Muitas andavam sempre aceleradas.

Maior a turba destas se mostrava,
Menor a que, prostrada no tormento.
Maior dor nos lamentos denotava.

Largas flamas com tardo movimento
Choviam do areal em todo o espaço,
Qual neve em serra, quando é mudo o vento.

Na Índia sobre o exército, já lasso,
Fogos cair viu Alexandre[72] outrora,
No chão ardendo livres de embaraço.

Que aos pés no solo os calquem sem demora
Suas falanges avisado ordena:
Matá-los um por um fácil lhes fora.

---

72 Alusão a uma aventura de Alexandre Magno. (N. T.)

Assim baixava, para agravo à pena,
Lume eterno que à areia se prendia,
Como à isca a fagulha mais pequena.

Cada qual sem repouso se estorcia,
A um lado e a outro os braços revolvendo
A cada chama, que do ar chovia.

"Mestre", falei, "que vais tudo vencendo,
Somente exceto a legião furente,
Que em Dite a entrada estava-nos tolhendo,

Diz quem seja a grã sombra, que não sente,
Ao parecer, o incêndio, e não domado
Pela chuva, já rápido, insolente?"

Reconhecendo o próprio condenado
Que da minha pergunta fora objeto,
"Morto sou qual fui vivo!", clama irado.

"Que Jove canse o armeiro seu dileto,
De quem tomou fremente o agudo raio
Para em mim saciar rancor abjeto;

Que os seus ciclopes[73] sintam já desmaio
De Mongibello[74] na oficina negra,
Aos gritos 'Bom Vulcano, acode ou caio!'

Como fez na peleja lá de Flegra;
Que me fulmine de ódio e sanha cheio:
No gozo da vingança em vão se alegra".

---

73 Gigantes com um só olho no meio da testa, que fabricavam armas para Júpiter. (N. T.)
74 O vulcão Etna, na Sicília. (N. T.)

Virgílio então, com voz, como não creio
Lhe ter ouvido, sonorosa e forte,
Bradou-lhe: "Capaneu[75], pois no teu seio

Não mitiga a soberba a própria morte,
Sofre mor pena; igual não há castigo
Ao que a raiva te inflige desta sorte!"

Para mim se voltou; com gesto amigo
Falou: "Dos Reis que Tebas sitiaram
Foi um; de Deus se declarara imigo.

Os crimes seus no inferno se agravaram;
Já disse-lhe, as blasfêmias, os furores
Digno prêmio em seu peito lhe deparam.

Vem agora após mim; pelos fervores
Não caminhes da areia incandescente;
Da selva ao longo evitas-lhe os ardores".

Fomos andando, cada qual silente,
Até onde jorrar do bosque eu via
Rubro arroio, que lembro inda tremente.

Do Bulicame[76] qual o que saía,
Das pecadoras em serviço usado:
Tal pela adusta areia este corria.

---

75 Um dos sete reis que sitiaram Tebas. (N. T.)
76 Fonte de água quente perto de Roma. (N. T.)

As margens e orlas são de cada lado
Feitas de pedra e assim também seu leito:
Caminho ali notei ao passo azado.

"De quanto aqui te conhecer hei feito,
Depois que atrás deixamos essa porta,
A cujo ingresso todos têm direito,

Não se há mostrado à tua vista absorta
Maravilha que iguale a desta veia,
Em que a flama adurente fica morta."

O Mestre diz e assim desejo ateia
De rogar-lhe me preste esse alimento,
Que excitado, o apetite haver anseia.

"Do mar em meio jaz", ouvi-lhe atento,
"Destruído país, Creta afamada.
Com seu rei foi do mal o mundo isento.

Alça-se ali montanha outrora ornada
De fontes e verdor; chama-se Ida:
Erma está, como cousa desprezada.

Foi ao filho pra berço preferida
De Reia[77], que abafava o seu vagido
Fazer mandando grita desmedida.

Nas entranhas do monte um velho[78] erguido
Está: voltando à Damieta as costas,
Como a espelho, olha Roma embevecido.

---
77 Mulher de Saturno e mãe de Júpiter. (N. T.)
78 Símbolo da humanidade e, segundo outros, da monarquia, que, em princípio boa e reta, vai depois degenerando. (N. T.)

De ouro faces e fronte são compostas,
De pura prata são braços e peito,
Eneias do busto as partes bem dispostas.

De ferro estreme tudo o mais foi feito,
O pé direito exceto, que é de argila,
Mas o corpo sustém, sendo imperfeito.

Salvo do ouro, do mais sempre destila
De lágrimas por fenda crebro fio,
Que fura a gruta e rápido desfila.

Aos negros vales vem correndo em rio,
Forma Stige, Aqueronte e Flegetonte,
Desce depois neste canal esguio

Até do inferno o fundo, aonde é fonte
Do Cocito. O que o rio acaso seja
Verás: mister não é que ora te conte".

"Se desde o nosso mundo ele serpeja,
Dize, ó Mestre, a razão por que a torrente
Só neste abismo lôbrego se veja.

É circular este lugar horrente,
E posto haja vencido extenso trato,
Descendo tu à esquerda, inteiramente

Não hás feito inda ao círc'lo o giro exato.
Não revele o teu rosto maravilha.
Novas cousas em vendo e estranho fato."

Dante Alighieri

Ainda eu perguntei: "Por onde trilha
O Flegetonte e o Letes? De um te calas,
E do outro a veia é dessa origem filha".

Tornou: "Muito me agrada quanto falas;
Da água rubra o fervor, porém, solvera
Uma dessas questões, que me assinalas.

Do inferno fora o Letes ver espera:
Na linfa sua as almas vão lavar-se
Depois que a penitência o perdão gera".

Disse depois: "É tempo de deixar-se
A selva; os passos meus sempre acompanha,
Pela margem caminho há para andar-se.

Do fogo ali se extingue toda sanha".

CANTO XV

Prosseguindo os Poetas, encontram um grupo de violentos contra a natureza. Entre estes está Brunetto Latini, que reconhece o discípulo e lhe pede para aproximar-se dele, a fim de conversarem. Falam de Florença e das desventuras reservadas a Dante. Brunetto dá ao Poeta ligeiras notícias a respeito das almas que estão danadas com ele e foge para reunir-se a elas.

Por uma dessas margens empedradas
Imos: vapor do rio resguardava
Das chamas o álveo e as bordas elevadas.

Como do mar temendo a força brava
De Bruge a Cadsand, Flamengos fazem
Os diques, com que o mal se desagrava;

Ou como o dano atalha, que lhe trazem
Do Brenta as invasões de Pádua a gente,
Se em Quiarentana os gelos se desfazem,

Assim as bordas desse rio horrente,
Posto altura e grossura lhes não desse
Iguais, quem quer que fosse artista ingente.

Dante Alighieri

A selva já distante de nós era
Tanto, que eu divisá-la não podia,
Quando os olhos por vê-la atrás volvera,

Eis encontramos multidão sombria,
Que a margem costeava, nos olhando,
Como sói caminhante, ao fim do dia,

Que vai, por lua nova, outro encarando:
Para nos ver os cílios contraindo,
Qual a agulha o artesano aparelhando.

Assim, de mira à turba nós servindo,
Conhecido fui de um que me travava
Da roupa "Ó maravilha!" repetindo.

Quando o seu braço para mim se alçava,
Atentei-lhe no rosto requeimado;
Posto que demudado, não vedava

Que de mim fosse nas feições lembrado.
À sua face inclinando a mão, lhe digo
"Messer Brunetto[79]! Vós aqui!", torvado.

"Filho meu! complacente sê comigo!
Vir Brunetto Latini ora consente,
Deixando a turba, um pouco assim contigo!"

Tornei: "Muito vos rogo; e que me assente
Convosco se quereis, prazendo ao guia
Dos passos meus, assentirei contente".

---

[79] Brunetto Latino, autor do *Tesouro* e mestre de Dante. (N. T.)

"Se um momento um de nós", me respondia,
"Aqui parasse, imóvel anos cento,
Pelo fogo ferido jazeria.

Caminha: que eu te irei no seguimento.
Depois hei de juntar-me à companhia
Dos que pranteiam no eternal tormento".

Eu da estrada a descer não me atrevia
Por ir com ele; mas a fronte inclino
Reverente; e falando prosseguia.

"Que fortuna", me disse, "ou que destino
Antes da morte aqui te há conduzido?
De quem recebes na jornada ensino?"

"Antes de haver da idade o tempo enchido
Sobre a terra na vida sossegada;
Num vale", respondi, "fiquei perdido.

Ontem costas lhe dei por madrugada;
Ele acudiu-me, quando atrás voltava,
E me conduz assim por esta estrada".

"Se bem vaticinei, quando gozava,
Da vida bela, glorioso porto
Te há de o teu astro conduzir", tornava.

"Se antes do tempo eu não 'stivesse morto.
Vendo que tanto o céu te era benigno,
Te dera nos trabalhos o conforto.

Dante Alighieri

Mas esse ingrato povo é tão maligno,
Que outrora de Fiesole[80] viera
E tem de penha o coração ferino,

Em ti, por seres bom, mal considera.
É justo: que entre acerbos sovereiros
Crescer doce figueira não se espera.

Velha fama os diz cegos, sempre useiros
Na soberba, na inveja, na avareza.
Deles te esquiva; em vícios são vezeiros.

Te guarda a sorte de honras tal grandeza,
Que hás de ser dos partidos cobiçado;
Mas das garras lhes fica longe a presa.

Ceve em si própria o fiesolano gado
Os instintos brutais; não toque a planta,
Que inda haja em tal nateiro germinado,

E em que a semente ressuscite santa
Dos romanos, que ali restaram, quando
Teceu-se o ninho de malícia tanta."

"Se o céu", tornei, "meus votos escutando,
Deferisse, da vida o lume agora
Ainda aos olhos vos raiara brando;

Que a doce imagem vossa inda memora
Saudosa a mente e o paternal desvelo
Com que me heis ensinado de hora em hora

---
80 Pequena cidade perto de Florença. (N. T.)

Como homem faz-se eternamente belo.
Enquanto eu vivo for, agradecido
Ao mundo bem patente hei de fazê-lo.

O vaticínio vosso, reunido
A outro, há de explicar-me sábia Dama,
Quando à sua presença houver subido.

E como a consciência me não clama,
Sabei que, quando a sorte avessa esteja,
A todo o mal sou prestes, que ela trama.

O que ouvi não cuideis novo me seja:
Volva-se a roda como a sorte a lança,
Lavre a terra o vilão como deseja".

Então meu douto Mestre, que se avança,
Girando à destra e me encarando, disse:
"Bem compreende quem tem boa lembrança!"

Não me vedou, porém, que eu prosseguisse
Na prática; e a Brunetto os mais famosos
Pedi que dos seus sócios referisse.

"Alguns convém saber, mais numerosos
Em silêncio deixar louvável sendo:
Míngua o tempo aos discursos copiosos.

Sabe, em suma, que clérigos havendo
Todos sido e letrados mui famosos,
Se mancharam num só pecado horrendo.

Dante Alighieri

Vão na turba daqueles desditosos
Acúrio e Prisciano[81]; alguns protervos
Se ver quiseres, por tal lepra ascosos.

Olha o que[82], como quis servo dos servos,
Pra Bacchiglione foi do Arno mudado
E ali deixou seus deformados nervos.

Não mais dizer, nem ir posso ao teu lado,
Pois do areal já vejo de repente
Vapor novo surgir afogueado.

Não devo andar com bando diferente.
O meu Tesouro eu muito te encomendo:
Nele inda vivo, e rogo isto somente."

Voltou-se; e foi tão rápido correndo,
Como os que correm pelo pálio verde
No campo de Verona, parecendo

Mais ser quem vence do que ser quem perde.

---

81 Francesco d'Accursio, jurisconsulto bolonhês. **Prisciano**, gramático de Cesareia. (N. T.)
82 Andrea de Mozzi, bispo de Florença e, depois, de Vicência. (N. T.)

CANTO XVI

Perto do limite do terceiro compartimento do sétimo círculo os Poetas encontram outro bando de almas de sodomitas, no qual se destacam três ilustres compatriotas de Dante. Reconhecendo-o, falam da decadência das virtudes políticas e civis de Florença. Chegam, depois à orla de outro precipício, onde, a um sinal de Virgílio, sobe, voando pelos ares, uma figura estranhíssima.

Em lugar 'stava já donde se ouvia
Rumor, igual de abelhas ao zumbido,
De água, que noutro círculo caía:

Eis três sombras partir vi comovido,
Correndo, de uma turba que passava
Debaixo do martírio desmedido.

Vinham a nós, e cada qual gritava:
"Detém-te; por teus trajos se afigura
Seres alguém da nossa terra prava".

Ah! que chagas nos membros, na figura
O fogo lhes abria, novas e antigas!
Só recordando, eu sinto mágoa pura.

Dante Alighieri

O mestre, que escutara, "Não prossigas!
Cumpre-te", disse, o rosto me voltando,
"Aguardando, lhes dar mostras amigas.

Não estivesse o fogo dardejando,
Como o lugar requer, te caberia
Mais pressa do que estão manifestando".

Paramos. Renovando a vozeria
Um círc'lo junto a nós os três formaram,
Em que as mãos cada qual dos três unia.

Como atletas, que, nus, de óleo se untaram,
Mas, antes de lutar, dos adversários
No fraco atentam, no seu prol reparam:

Eles, se revolvendo em giros vários,
Olhavam-me em tal modo colocados,
Que os colos aos seus pés 'stavam contrários.

"Se a miséria, em que somos trateados,
Se o triste aspecto da tostada face
Te move a desdenhar súplices brados,

Nossa fama o teu ânimo traspasse;
E pois, dize quem és que, ufano, o inferno
Calcas antes que a vida se finasse.

Este, por quem os passos meus governo,
Escoriado e nu, que ora estás vendo,
Mais do que o crês no mundo foi superno.

Da famosa Gualdrada o neto sendo,
Chamou-se Guido Guerra[83], e foi na vida
Por esforço e prudência reverendo.

A Tegghiaio Aldobrandi[84], que em seguida
Me vai, por sua voz, por seus bons feitos
Devera ser a pátria agradecida.

Eu que também da pena sofro efeitos
Jacopo Rusticucci[85] fui: da esposa
O maior mal causaram-me os defeitos."

Se houvesse amparo à chuva pavorosa
(Virgílio o consentira), eu me lançara
Entre eles, da alma na expansão piedosa;

Porém naqueles fogos me abrasara,
Sobrepujou temor vivo desejo,
Que de abraçá-los súbito me entrara.

"Não desdém, mas piedade neste ensejo,
Que não se extinguira, me tem movido",
Lhes disse, "o padecer em que vos vejo,

Tanto que o Senhor meu há proferido
Palavras, que a presença me indicaram
De almas quais sois neste lugar temido.

---

[83] Guido Guerra, florentino, combateu em Montaperti. (N. T.)
[84] Tegghiaio Aldobrandi, também patriota florentino. (N. T.)
[85] Jacopo Rusticucci, valoroso cavaleiro florentino que combateu também na batalha de Montaperti. (N. T.)

Dante Alighieri

Da vossa terra sou: sempre exaltaram
Meu apreço e o dos que vos conheceram
Ações que os nomes vossos tanto honraram.

Por meu Guia veraz esperançado,
Deixo o fel por doçura permanente
Tendo primeiro o centro visitado".

"Que no teu corpo a vida longamente
Persista!", a sombra disse. "Dure a fama
Do nome teu com lume resplendente!

Na pátria nossa inda revive a flama
Da honra, do valor, que ali brilhara,
Ou de todo a expeliu ódio que infama?

Pois Guilherme Borsiere[86], que baixara,
Há pouco, e vai chorando nesta ardência,
Cruciou-nos contando o que notara".

"Íncolas novos, súbita opulência,
Florença, orgulho e vícios te acenderam,
De que tu própria temes a influência!",

Gritei alçando a fronte: e os três, que me eram
Atentos, à resposta se encararam,
Como se essas verdades lhes prouveram.

"Se tão pouco te custa", me tornaram,
"Sempre aos outros expor teu pensamento,
Feliz tu! Vozes tais assaz te honraram.

---

86 Gentil-homem florentino. (N. T.)

E, pois, voltando a luz do firmamento,
Se alfim saíres desta estância horrente,
Quando 'Lá fui!' disseres, de contente,

Nos olvidar não deixa a humana gente."
Então, rompendo o círculo, fugiram,
Como se asas tiveram, velozmente.

Em menos tempo aos olhos se esvaíram
Do que proferir amém se gasta.
Logo aos passos do Mestre os meus seguiram.

Dali distância curta nos afasta,
Eis da água os sons ouvimos, tão de perto,
Que a voz forçar para se ouvir não basta.

Como o rio que, no álveo próprio aberto,
Em Veso nasce e vai para o oriente,
Ao lado esquerdo do Apenino, e ao certo

Aquaqueta se chama, da eminente
Parte enquanto não desce, mas, tomando
Nome diverso em Forli de repente,

Rebomba e cai pela quebrada, quando
Acerca-se a S. Bento, o grão mosteiro
Que dar a mil pudera asilo brando:

Assim desde um penhasco sobranceiro
Da água rubra troava alto estampido,
Que fora de surdez risco certeiro.

Dante Alighieri

De uma corda eu me achava então cingido
Com que outrora prender quis a pantera,
De pelo em malhas várias repartido.

Que a tirasse Virgílio me dissera:
Eu descingi-me presto, lha entregando
Enrolada, como ele prescrevera.

Então ele à direita se voltando,
A distância da borda alcantilada
Lançou-a longe para o abismo infando.

"Àquela ação não de antes praticada",
"Pensei, "há de seguir-se estranho efeito,
Que do Mestre a atenção tem despertada".

Quanta cautela deve haver e jeito,
Tratando-se com quem vê não somente
Os atos, mas também o que há no peito!

"Surdirá", disse o Mestre, "brevemente
O que espero: o que tens no pensamento
Logo aos teus olhos ficará patente".

Verdade, que pareça fingimento,
Evita proferir homem discreto:
Sofre desar, de culpa estando isento.

Nada posso omitir, leitor dileto:
Desta comédia pelos cantos juro
(Sejam assim de longo aplauso objeto!)

Que subir por aquele ar grosso, escuro
Nadando vi figura temerosa
Ao peito mais intrépido e seguro:

Tal quem desceu pela onda perigosa
A desprender de ocultos embaraços,
Lá no fundo, a fateixa[87] vagarosa,

Subindo, encolhe as pernas, tende os braços.

---

87 Pequena âncora. (N. T.)

CANTO XVII

Enquanto Virgílio fala com Gerion, para convencer essa horrível fera a levá-los ao fundo do abismo, Dante se aproxima das almas dos violentos contra a arte. Dante reconhece alguns deles. A cada um pende do peito uma bolsa na qual são desenhadas as armas da sua família. Volta depois o Poeta para o lugar onde está Virgílio, que, assentado já sobre o dorso de Gerion, põe-no diante de si, e assim descem ao oitavo círculo.

"Eis a fera, que a horrenda cauda enresta,
Que arneses, montes, muros atravessa
E com seu bafo impuro o mundo empesta!"

Assim Virgílio a me falar começa.
Para acercar-se logo lhe acenava
Ao marmóreo anteparo que ali cessa.

Da fraude o vulto imundo aproximava!
A cabeça avançou e o torpe busto,
Porém pendente a cauda lhe ficava.

A cara assomos tinha de homem justo,
Tanto era o parecer beni'no e brando!
No mais serpe, movia horror e susto.

Grandes, hirsutos braços dilatando,
Alçava peito, ilhais, dorso malhados,
Mil rodelas e nós se entrelaçando.

Mais cores nos estofos recamados
Tártaros, Turcos nunca misturaram,
Nem Aracne[88] em tecidos variegados.

Como os batéis, que à praia se amarram,
No mar a popa têm, a proa em terra;
E, como em regiões, que se deparam

Sob o voraz Tudesco, a fazer guerra
Embosca-se o castor: assim se via
O monstro à orla, que as areias cerra.

No ar a extensa cauda revolvia;
E a venenosa ponta bipartida,
Do escorpião qual dardo, se erigia

"'Té onde a fera atroz jaz estendida.
Convém seja o caminho desviado
Da senda" disse o Vate, "prosseguida".

Descendo, pois, pelo direito lado
Para o fogo fugir e a areia ardente
Passos dez pela borda hemos andado.

Chegados nós de Gerião em frente,
Um tanto além sentado um bando achamos
Na areia, perto desse abismo ingente.

---

88 Personagem da mitologia grega, transformada por Minerva em aranha. (N. T.)

Dante Alighieri

"Do recinto por teres, em que estamos",
Virgílio disse", a experiência inteira
A sorte vai saber dos que avistamos.

Os discursos, porém, filho aligeira.
Entanto impetrarei da fera infanda
Que prestar-nos seus ombros fortes queira".

Só pela borda, como o Vate manda,
Vou do círculo sétimo seguindo,
Dos mestos pecadores em demanda.

A dor, que brota em lágrimas, sentindo,
Socorre-se das mãos a aflita gente
Contra o solo e o vapor, que está caindo.

Assim lebréus, durante a calma ardente
Dos dentes e unhas valem-se, mordidos
De tavões por enxame impertinente.

Quando encarei nos rostos doloridos
De alguns, que os fogos tanto cruciavam,
Que eram todos achei desconhecidos.

Bolsas pendentes dos seus colos 'stavam,
Pelos sinais distintas, pelas cores:
Contemplando-as, seus olhos se enlevavam.

E vi já me acercando aos pecadores
Bolsa, na qual em campo de ouro havia
Azul, que era leão nos seus lavores,

A vista, que já noutra se embebia,
Em sanguíneo rubor ganso eu notava,
Que a brancura do leite escurecia.

Grávida, azul jardava um, que ostentava,
Broslada sobre cândida escarcela,
"Que buscas neste abismo?" perguntava.

"Retira-te! Se a vida gozas bela,
Sabe que à sestra mão Vitaliano[89],
Vizinho meu terá condigna sela.

Entre estes Florentinos sou Paduano;
A todo instante aturdem-me os ouvidos,
Bradando: 'O nobre[90] venha, o soberano,

Que os três bicos na bolsa traz sculpidos'".
Depois, torcendo a boca, a língua tira,
Qual boi, que os beiços lambe, ressequidos.

Não querendo mover desgosto ou ira
Em quem mor brevidade me ordenara,
Os mesquinhos deixei: assaz ouvira.

Disse-me o Guia então, que cavalgara
O dorso do animal fero e possante:
"Sê forte, a tudo o ânimo prepara!

Se desce em tal escada de ora avante;
Sobe-te ao colo; ao meio irei sentado:
Que não te ofenda a cauda penetrante".

---

89 Vitaliano, usurário paduano, ainda vivente. (N. T.)
90 Giovanni Baiamonti, florentino, que tinha como brasão três bicos de pássaro. (N. T.)

De quartã qual doente, que, chegado
Supondo o acesso, lívido estremece
Somente ao ver lugar fresco, assombrado

Tal quando ouvi, meu peito, desfalece.
Ante o Mestre dá-me o pejo alento:
Bom amo o servo esforça que esmorece.

Já sobre a espalda do animal cruento,
Quero ao vate gritar: "Senhor, me abraça!"
A voz, porém, não corresponde ao intento.

Ele, que a mente espavorida e lassa
Em circuito mais alto me animara,
Sustendo-me, nos braços seus me enlaça,

E disse a Gerião: "Vai, mais não para.
Em circuitos largos sem ter pressa:
Na carga, que ora tens, nova repara!"

Bem como esquife, que voar começa,
Manso e manso recua: assim moveu-se.
Quando ao largo sentiu-se, eis endereça

A cauda aonde o peito seu tendeu-se.
Meneando-a, a retesa como enguia;
Das patas agitado o ar fendeu-se.

Feton[91], quando as rédeas já perdia,
Ao ver do céu o incêndio, ainda aparente;
Ícaro[92], quando lhe cair sentia

---

91 Feton, filho de Apolo, que, no guiar o carro do Sol, precipitou-se. (N. T.)
92 Ícaro, filho de Dédalo, que voando com as asas de cera fabricadas pelo pai, precipitou ao solo. (N. T.)

A Divina Comédia – Inferno

Da cera cada pluma ao Sol ardente,
Gritando o pai: "Ai! Filho! Erraste a 'strada!",
De pavor não se entraram mais veemente,

Do que eu nessa viagem desusada,
No ar quando me vi, quando enxergava
Só a cerviz da fera maculada:

Com tardo movimento ela nadava,
Que gira e baixa pelo vento eu sinto
Que em torno ao rosto e abaixo se agitava.

Já ouvia à direita bem distinto,
Troar da catadupa fragorosa:
Olhos inclino ao fundo do recinto.

A mente estremeceu mais temerosa
Ao chamejar de fogo, ao som de pranto:
Encolhi-me ante a cena pavorosa.

De que descia então, com mor espanto,
Pelos males, que via, fiquei certo,
A mim se avizinhar a cada canto.

Qual falcão que no ar pairava incerto,
Sem ver reclamo ou cobiçada presa
Perdida a esp'rança ao caçador esperto,

Descamba, fatigado e sem presteza,
Em voltas mil por onde se arrojara,
E longe pousa, ou de ira, ou de tristeza:

Dante Alighieri

Tal Gerião, enfim, no fundo para
Ao pé da penedia alcantilada,
Livre do peso já que carregara,

Sumiu-se como seta disparada.

CANTO XVIII

    Encontram-se os Poetas no oitavo círculo, chamado Malebolge, o qual é dividido em dez compartimentos concêntricos. Em cada um deles é punida uma espécie de pecadores, condenados por malícia ou fraude. No primeiro compartimento são punidos com açoites pela mão de demônios os alcoviteiros; e entre eles Dante reconhece Venedico Caccianemico e Jasão. No segundo jazem em esterco os aduladores e as mulheres lisonjeiras; entre os outros, Alessio Interminelli, de Lucca, e Taís.

Tem o inferno, de rocha construído,
De férrea cor, de muro igual cercado
Um lugar: Malebolge o nome havido.

Lá no centro do plaino inficionado
Se escancara grão poço, amplo e profundo:
Direi a compostura em tempo asado.

Espaço em torno estende-se rotundo
Entre o poço e o penhasco pavoroso:
Reparte-se em dez cavas o seu fundo.

Qual de fossos dobrados, cauteloso,
Se apercebendo, o alcáçar se assegura
Dos assaltos de inimigo poderoso:

Dante Alighieri

De abismos tais o aspecto se afigura.
Como da levadiça ponte entrada,
Aos de fora, do mundo na cintura,

Assim, do val no fundo começada,
Cada cava uma rocha atravessava
Em arco, para o poço concentrada.

De nós o monstro aqui se descargava:
À sestra mão seguiu logo o poeta,
E eu de perto fiel o acompanhava.

Novo tormento à destra me inquieta,
Novos algozes vejo, novas dores,
De que a primeira cava era repleta.

Estão lá no fundo nus os pecadores:
Do meio contra nós muitos caminham,
Outros conosco, em passos já maiores.

Em Roma, assim, às turbas, que se apinham
Do jubileu no tempo, sobre a ponte
Se abriu aos que iam trânsito e aos que vinham:

De um lado andavam, os que tendo em fronte
O castelo, a S. Pedro se endereçam,
E do outro lado os que iam para o monte.

Daqui, dali nas bordas, os apressam
Cornígeros demônios, açoitando
Com grandes azorragues, que não cessam,

Como aos golpes primeiros cada bando
Se apressa! Como cada qual evita
Que se repita o estímulo execrando!

Nesse andar minha vista num se fita,
Da parte oposta vindo, e logo eu disse:
"Hei conhecido esta figura aflita".

Atentei mais, por que melhor o visse;
Deteve-se comigo o doce Guia
E deu que atrás o passo eu dirigisse.

Aos olhos esquivar-se-me queria,
Os seus baixando; mas foi vão o intento.
"Tu, que te curvas, já te hei visto um dia.

Se as feições não mudou-te o passamento
Venedico tu és Caccianemico[93].
Por que trato padeces tão cruento?"

"De mau grado o que exiges significo;
Mas cedo ao claro som dessa loquela,
Que à memória me traz o mundo inico.

Eu fui aquele que Ghisola bela
Do Marquês entreguei ao vil desejo:
Ora a verdade a minha voz revela.

Comigo de Bolonha muitos vejo;
Com tantos nesta cava choro e peno,
Que a menos lá no mundo dá-se ensejo.

---

[93] Venedico Caccianemico, bolonhês que induziu sua irmã Ghisola a entregar-se a Obizzo d'Este, marquês de Ferrara. (N. T.)

Dante Alighieri

De dizer sipa[94] entre o Savena e o Reno,
Se a prova queres, lembra-te somente
De que em nós da avareza influi veneno."

Mas um demônio o atalhou. Furente,
Disse tangendo: "Ó rufião, avante!
Mulher não há que vendas impudente!"

Ao Mestre me tornei; pouco distante
Era um rochedo, a que nos acercamos;
Da riba se elevava pra diante.

Assaz ligeiramente nos alçamos;
Fomos pela fragura à mão direita
E o eterno recinto assim deixamos.

Chegados onde a curva estava feita
Para passagem dar aos fustigados,
O sábio Guia disse: "A face espreita

Agora desses outros malfadados,
Em que ainda atender não conseguiste,
Porque não 'stavam para nós voltados".

Da antiga ponte divisamos triste,
Longa fileira: contra nós andava.
Cruel açoite em flagelar persiste.

Virgílio, quando eu nada perguntava,
"Repara bem", me diz, "na sombra altiva,
A quem pranto de dor faces não lava.

---

94 Palavra do dialeto bolonhês que vale por sim ou seja. (N. T.)

De Rei conserva a majestade viva!
É Jasão[95]: conquistou por força e manha
O velocino em Colcos fera e esquiva.

A Lenos foi, depois que horrenda sanha
Feminil aos varões cortara a vida,
Nenhum poupando aquela fúria estranha.

Ali, de amor no enlevo embevecida,
Hipsífile[96] enganou, que já iludira
Suas irmãs, de compaixão movida.

Grávida e só deixou-a: atroz mentira
Mereceu-lhe dos tratos a amargura.
Vingada está Medeia, a quem traíra.

Quem perjurou como ele, há pena dura.
Do val primeiro baste o que sabemos
E de quantos aqui sofrem tortura".

Numa estreita vereda já nos vemos,
Que co'a borda segunda se cruzava,
Sustentando outra ponte, a que tendemos.

Turba dali ouvimos, que chorava
De outra cava no encerro e que, assoprando,
Com suas próprias mãos se arrepelava.

Estava-lhe as paredes incrustando
A exalação que sobe e ali se prende.
Ferindo o olfato e a vista horrorizando.

---
[95] Chefe dos argonautas, que, auxiliado por Medeia, seduzida e enganada por ele, conquistou em Cólquida o velocino de ouro. (N. T.)
[96] Enganada por Jasão. (N. T.)

Dante Alighieri

E tanto pelo abismo a cava estende,
Que só divisa quando está no fundo
Quem lá do cimo, perscrutando, atende.

Subimo-nos: então no fosso imundo
Vi gente em tal cloaca mergulhada,
Que a sentina figura ser do mundo.

Enquanto olhava ali tão conspurcada
Cara notei, que distinguir não pude,
Se padre ou leigo fora a alma danada.

"Dizei por que tua vista não se mude
De mim, a imundos tantos desatenta!",
Gritou-me. E eu: "Se a mente não me ilude,

Te vi sem cabeleira tão nojenta.
Alessio Interminei de Lucca[97] hás sido:
Em ti por isso a vista é mais atenta".

Ferindo a face, disse-me o descrito:
"Aqui lisonjas vis me submergiram;
Língua indefessa em bajular hei tido".

Logo depois que vozes tais se ouviram,
Meu Guia: "Olhos dirige um pouco avante,
E as feições me declara se atingiram

De mulher desgrenhada e petulante
Que de unhas asquerosas se lacera,
Mudando de postura a cada instante.

---
97 Patrício de Lucca. (N. T.)

É Taís[98], a meretriz, que respondera
Ao namorado seu, quando dizia:
'Te devo gratidão?' 'Muita e sincera!'

Mas vamos: temos visto em demasia".

---
98 Taís, meretriz, personagem de uma peça de Terêncio. (N. T.)

CANTO XIX

No terceiro compartimento, aonde os Poetas chegam, são punidos os simoníacos. Estão eles, de cabeça para dentro, metidos em furos feitos no fundo e nas encostas do compartimento. As plantas dos pés, que estão fora dos buracos, são queimadas por chamas. Dante quer saber quem era um danado que mais do que os outros agitava os pés. É o papa Nicolau III da Casa Orsini, o qual diz que estava à espera de ser rendido por outros papas simoníacos. O Poeta, indignado, rompe numa veemente invectiva contra a avareza e os escândalos dos papas romanos. Virgílio, depois, o leva novamente para a ponte.

Ó Simão Mago[99], ó míseros sequazes
Por quem de Deus os dons só prometidos
A virtude, em rapina contumazes,

Por ouro e prata estão prostituídos!
Por vós tange ora a tuba sonorosa:
Jazeis na tércia cava subvertidos.

---

[99] Simão Mago queria comprar dos Apóstolos a virtude de chamar o Espírito Santo. O mercado das coisas sagradas é, por isso, chamado simonia. (N. T.)

A outra tumba chegamos temerosa,
Da rocha nos subindo àquela parte,
Que, a prumo ao centro, eleva-se alterosa.

Saber supremo! Que inefável arte
Mostras no céu, na terra e infernal mundo!
Oh! teu poder quão justo se reparte!

Por toda a cava, aos lados e no fundo
Furos na pedra lívida se abriam,
De igual largura e cada qual rotundo.

Semelhar na grandeza pareciam
Aos que em meu S. João[100] belo e esplendente
Para batismo ministrar serviam.

Quebrei um, não há muito, mas somente
Para infante salvar, que ali morria:
Fique a verdade a todos bem patente.

De cada um orifício eu sair via
Os pés, até das pernas a grossura,
De um pecador: o resto se sumia.

'Stavam ardendo as plantas na tortura,
E tanto as juntas rijo se estorciam,
Que romperiam a prisão mais dura.

Do calcanhar aos dedos percorriam
As chamas, como a superfície inteira.
Em corpo de óleo ungido morderiam.

---

100 Pia na qual Dante foi batizado. (N. T.)

"Quem padece", disse eu, "por tal maneira,
Que mais que os sócios estorcer-se vejo
Em mais rúbida flama e mais ligeira?"

"Se ao fundo eu te levar, por teu desejo,
Por declive, que jaz mais inclinado,
De ouvir-lhe o nome e os crimes dou-te ensejoS.

"Aceito o que te praz, muito a meu grado:
Senhor do meu querer, és quem conhece
Quanto hei mister e a mente há reservado".

Passando à quarta borda, ali se desce
Para a esquerda voltando, até chegar-se
Lá onde tanto furo se oferece.

De mim não quis o Mestre aligeirar-se
Senão quando daquele, que gemia
Pelos pés, conseguiu apropinquar-se.

"Tu, és assim voltada", eu lhe dizia,
"Como estaca plantada, ó alma opressa,
Responder-me possível te seria?"

Eu 'stava aí, qual monge, que confessa
Assassino, que em cova já fincado
O chama, pois, em tanto, a pena cessa.

"Já tens", gritou, "já tens aqui chegado?
Já, Bonifácio[101], como tens descido?
Em anos muitos tenho a conta errado.

---
101 Bonifácio VIII, que Nicolau III pensou ter vindo para substituí-lo. (N. T.)

Tão depressa desse ouro te hás enchido,
Pelo qual bela esposa atraiçoando,
A tens por tantos crimes afligido?"

Eu fiquei como quem, não penetrando
No sentido do que outro respondera,
Enleado e corrido fica olhando.

Mas Virgílio: "Depressa lhe assevera:
'Eu não sou, eu não sou quem tu cogitas'".
Respondi como o Vate prescrevera.

Ouvindo, as plantas estorceu malditas;
Depois a suspirar, com voz de pranto,
"Por que", disse, "a falar assim me excitas?

Se conhecer quem sou anelas tanto,
Que assim baixaste ao vale tenebroso,
De Papa sabe que hei vestido o manto.

Filho de Ursa, deveras, cobiçoso
Em bolsa tudo pus por meus Ursinhos,
Lá ouro, aqui o esp'rito criminoso.

Sob a cabeça minha estão vizinhos,
Em simonia os que me antecederam,
Sobrepondo-se um no outro esses mesquinhos.

Hei de ao fundo descer, como desceram,
Logo em chegando aquele, que eu cuidara
Seres tu, quando as vozes me romperam.

Mas, ardendo-me os pés se me depara
Intervalo mais longo, assim voltado,
Do que em tormento igual se lhe prepara.

Virás de mores culpas outro inçado,
Pastor[102] sem lei, das partes do ocidente
Que há de ser sobre nós depositado.

Jasã[103] o novo será: condescendente
Teve o outro seu Rei, diz a Escritura,
Da França este o senhor terá potente".

Não sei se ousado fui e se foi dura
A resposta, que dei ao condenado:
"Tesouros exigira porventura

Nosso Senhor de Pedro, ao seu cuidado
E zelo quando as chaves cometia?
'Segue-me' apenas lhe há recomendado.

Dinheiro não tomaram de Matia
Pedro e os outros, por ser o preferido
Ao lugar, que o traidor perdido havia.

Pena, pois: mereceste ser punido;
E guarda a que extorquiste, vil moeda
Que te fez contra Carlos atrevido.

Não fora a referência, que me veda,
Das santas chaves, que empunhaste outrora,
No tempo, em que fruíste a vida leda,

---

102 Clemente V, ligado a Filipe, o Belo, rei de França e que mudou a sede do papado para Avinhão. (N. T.)
103 Que comprou o sumo sacerdócio de Antíoco, rei da Síria. (N. T.)

Voz mais severa eu levantava agora
Contra a avidez, que o mundo assaz contrista,
Que os bons oprime, o vício exalta e adora.

A vós vos figurava o Evangelista[104],
Quando a que é sobre as águas assentada
Prostituir-se aos Reis foi dele vista:

Nascera de cabeças sete ornada,
E o valor nos dez cornos possuía,
Enquanto ao esposo seu virtude agrada.

De ouro a vossa cobiça um Deus fazia:
Por um dos que os gentios adoraram
Abrange cento a vossa idolatria.

Constantino! Ah! que males derivaram,
Não do batismo teu, mas da riqueza
Que deste a um Papa[105] e a quem outras se juntaram!"

Sentindo destas notas a aspereza,
Ele, tomado de remorso ou de ira,
Agitava os dois pés com mor braveza.

Virgílio, creio, com prazer me ouvira:
Aplaudir seu semblante revelava
Verdades que eu, sincero, proferira.

Jubiloso nos braços me levava,
E, depois que apertara-me ao seu peito,
Por onde descendera, se tornava.

---
104 S. João. (N. T.)
105 No tempo de Dante se acreditava que Constantino, ao mudar-se para Bizâncio, teria doado ao papa Roma e o domínio temporal. (N. T.)

Dante Alighieri

Sempre cingido desse abraço estreito,
Do arco ao cimo transportou-me o Guia:
Caminho à quinta cava era direito.

Ali suavemente me descia
Em rochedo tão íngreme e empinado,
Que às cabras ínvio ser me parecia,

De lá foi-me outro val descortinado.

CANTO XX

No quarto compartimento são punidos os impostores que se dedicaram à arte divinatória. Eles têm o rosto e o pescoço voltados para as costas, pelo que são obrigados a caminhar ao reverso. Virgílio mostra a Dante alguns entre os mais famosos, entre os quais a tebana Manto, da qual se origina Mântua, cidade natal de Virgílio.

Nova pena convém dizer em versos
E dar matéria ao meu vinteno canto,
Do cântico onde punem-se os perversos.

Eu era já disposto tanto quanto
Fora preciso para ver o fundo
Da cava, que banhava amargo pranto.

De almas vi turba, pelo val rotundo,
Que taciturna vinha e lacrimosa
Ao passo usado em procissões no mundo.

Mirei mais baixo e cada desditosa
Notei que fora o mento retorcido
Do colo ao começar: cousa espantosa!

Para o dorso era o rosto seu volvido:
Só recuando caminhar podia;
Que em frente olhar estava-lhe tolhido.

Talvez por força já de paralisia
De alguém o corpo ao todo se torcesse;
Não vi: crê-lo difícil me seria.

Que te seja, Leitor, a Deus prouvesse
Proveitosa a lição! Pensa, atilado,
Quanto em mim, vendo, a compaixão crescesse,

O parecer humano tão mudado,
Que o pranto que dos olhos derivava
Banhava o tergo a cada condenado.

Do rochedo eu a um ângulo chorava
Com tanta dor, que o Mestre de repente
"Insensato és também?", me interrogava.

"Aqui piedade é morte em toda mente:
Quando Deus condenou, quem mais malvado
Do que esse, que ternura por maus sente?

Alça a fronte, alça, atento ao condenado,
Que ante os Tebanos se abismou na terra.
Gritavam-lhe: 'Como andas apressado,

Anfiarau[106]? Como assim foges da guerra?'
Ele tombava entanto, ao val descendo,
Onde Minos os réprobos aferra.

---

106 Anfiarau, que morreu no sítio de Tebas, e prevendo a sua morte tentara esquivar-se de tomar parte nesse sítio. (N. T.)

Pelo futuro penetrar querendo,
Tem o dorso adiante em vez do peito,
E a recuar caminha, atrás só vendo.

Eis Tirésias[107], o que mudara o aspeito,
Femíneas formas e feições tomara,
Sendo-lhe o que era varonil desfeito.

Ao sexo seu tornou, quando encontrara,
Inda uma vez, travadas serpes duas
E outra vez com bordão as separara.

Volta-lhe Arons[108] ao ventre as costas nuas:
De Luni em monte, aos agros iminentes,
Onde o Carrara ergueu moradas suas,

Teve em gruta marmórea permanente
Estância, donde contemplar podia
As estrelas, as ondas livremente.

Essa mulher", continuou meu Guia,
"Que o seio oculta em traça flutuante
E de velos a pele tem sombria,

Foi Manto[109], que vagara incerta e errante
Até pousar na terra, em que hei nascido.
No que ora digo irei um pouco avante.

Vendo o pai já da vida despedido
E a cidade de Baco em jugo triste,
O mundo largo tempo há percorrido.

---

107 Adivinho tebano que foi transformado em mulher e depois retornou homem. (N. T.)
108 Adivinho lembrado na Farsália de Lucano. (N. T.)
109 Filha de Tirésias, que a tradição diz ter fundado a cidade natal de Virgílio, Mântua. (N. T.)

Dante Alighieri

Junto ao Alpes na bela Itália existe,
Além Tirol, já perto da Alemanha,
Um lago, que chamar Benaco[110] ouviste.

Veia de fontes mil, que a plaga banha
Entre Garda, Camônica e Apenino,
De águas conduz ao lago cópia manha.

Ilha há no meio, em que o Pastor trentino,
E com ele os de Bréscia e de Verona,
Possuem de benzer juro divino.

Onde é mais baixa do Benaco a zona,
A Bérgamo fazendo e a Bréscia frente,
Pesqueira, forte em bastiões, se entona.

É dali que das águas o excedente,
Que ter em si não pode o lago, brota
Em rio e cobre os prados largamente.

Quando prossegue, outro apelido adota,
Chama-se Míncio, perde o nome antigo:
No Pó junto a Governol, há fim sua rota.

No verão à saúde traz perigo;
Em vasto plaino o álveo dilatando,
Forma paul, das infeções amigo.

Manto, a virgem selvage ali passando,
Terreno viu desabitado, inculto
Naquele pantanal, que o está cercando

---
110 Hoje lago de Garda. (N. T.)

Esquiva a humano trato e estranho vulto,
Fez ali de suas artes oficina
E viveu 'té sofrer da morte o insulto.

Povo, ao diante, para ali se inclina,
Em torno esparso, e abrigo, o julga forte:
De águas cercado com pauis confina.

Onde aqui o elegeu colhera a morte,
A cidade erigiram, que chamaram
Mântua, do nome seu sem tirar sorte.

Os habitantes lá mais avultaram,
Quando ainda os ardis de Pinamonte
De Casalodis[111] a insânia não fraudaram.

Ciente fica, pois: se de outra fonte
A pátria minha originar quiserem,
A mentira à verdade nunca afronte."

As cousas, que tuas vozes me referem,
Tão certas são", disse eu, "que me parece
Carvão extinto o que outros me disserem.

Mais dize, ó Mestre: acaso não merece
Dos que avançam nenhum reparo ou nota?
Na mente de o saber desejo cresce."

"Aquele, a quem do mento ao dorso brota
Barba esquálida, um áugur se dizia,
Quando de homens a Grécia tal derrota

---

111 Pinamonte dei Bonacolsi, para apoderar-se de Mântua, induziu o governador Alberto de Casalodi a praticar atos violentos que revoltaram o povo contra ele. (N. T.)

Teve, que infantes só no berço havia.
Em Áulide com Calcas[112] indicara
Tempo, em que a frota desferrar devia.

Eurípilo[113] chamou-se: assim narrara
Num dos seus cantos, a tragédia minha,
Bem sabes, pois tua mente a arrecadara.

Esse, que, tão delgado, se avizinha,
Miguel Escotto[114] foi, que, certamente,
Perícia em fraudes da magia tinha.

Olha Guido Bonati[115], encara Asdente[116]
Que cuidar só devera da sovela:
Arrepende-se agora inutilmente.

Das tristes ora a turba se revela,
Que, desdenhando a agulha, a horrível arte
De encantos infernais acharam bela.

Mas no limite, que hemisférios parte,
É Caim com seu fardo, o mar tocando,
Lá de Sevilha além do baluarte.

A lua, a face plena já mostrando
(Te lembras?) ontem viste na sombria
Selva, em que te ajudou seu fulgor brando."

Assim falando, a passo igual seguia.

---

112 Adivinho da antiguidade. (N. T.)
113 Outro célebre adivinho. (N. T.)
114 Célebre adivinho do tempo de Frederico II. (N. T.)
115 Astrólogo do conde Guido de Montefeltro. (N. T.)
116 Sapateiro e adivinho de Parma. (N. T.)

CANTO XXI

No quinto compartimento são punidos os trapaceiros que negociaram os cargos públicos ou roubaram aos seus amos. Eles estão mergulhados em piche fervendo. Os dois Poetas presenciam a tortura de um trapaceiro luquense por obra de um demônio. Virgílio domina os demônios que queriam avançar contra eles. Virgílio e Dante, escoltados por um bando de demônios, tomam o caminho ao longo do aterro.

Assim, de ponte em ponte, discursando
Do que nesta comédia se não cura,
De outro arco acima nos subimos, quando

Detemo-nos por ver a cava escura,
Por ouvir de outros prantos vão sonido;
Com pasmo olhei a hórrida negrura.

No arsenal de Veneza, derretido
Como referve o pez na estação fria
Para reparo ao lenho combalido,

Incapaz de vogar: qual com mestria
Baixel novo constrói; qual alcatroa
O que teve em viagens avaria;

Dante Alighieri

Qual pregos bate à popa qual à proa;
Qual remos faz, qual linho torce ou parte;
Qual mezena e artemão aperfeiçoa:

Assim, por fogo não, por divina arte
Betume espesso, ao fundo refervia,
As bordas enviscando em toda parte.

Mas no pez só na tona eu distinguia
Borbulhão, que a fervura levantava,
Que ora inchava, ora rápido abatia.

No fundo enquanto os olhos eu fitava,
Exclamando Virgílio: "Eia! Cuidado!"
Para si donde eu era me tirava.

Voltei-me então como homem, que apressado
É por saber o que fugir convenha,
De súbito pavor sendo atalhado,

Olha sem que por isso se detenha,
E logo atrás de nós eu vi correndo
Negro demônio sobre aquela penha.

Ah! que aspecto feroz! Ah! quanto horrendo
Nos meneios parece e temeroso,
Veloz nos pés e as asas estendendo!

No dorso agudo e enorme um criminoso,
Escarranchado, em peso, carregava:
Dos pés prendia o nervo ao desditoso.

"Melebranche!", já perto ele bradava.
"Eis um dos anciões[117] de S. Zita!
Mergulhai-o, pois torna à gente prava,

Que nessa terra em grande soma habita.
Venais todos lá são menos Bonturo[118].
O no, por ouro, lá se muda em ita[119]."

Ao pez o arroja, e pelo escolho duro
Se torna: após ladrão tanto apressado
Não vai mastim, que estava antes seguro:

O maldito afundou; surdiu curvado.
Sob a ponte os demônios lhe gritaram:
"Não acharás aqui Vulto Sagrado,

Nem banhos, quais no Serchio se deparam.
Se não queres no pez 'star imergido.
A te espetar as fisgas se preparam".

Com croques cem mordendo esse descrito
"Bailar", disseram; "deves bem coberto;
Se puderes furtar, furta escondido".

Tal ordem em cozinha o mestre esperto
Aos ajudantes seus que na caldeira
Mergulhem naco à tona descoberto.

---

[117] Supremos magistrados de Lucca, cidade de que S. Zita é protetora. (N. T.)
[118] Bonturo Dati, magistrado mais venal do que os outros. (N. T.)
[119] Por dinheiro, o não se transforma em sim. (N. T.)

Dante Alighieri

"Por que", falou-me o Guia, "alguém não queira
Molestar-te em te vendo, busca abrigo:
Num recanto o acharás desta pedreira.

Não temas que me ofenda o bando inimigo;
Muito bem sei como o furor lhe afronte;
Já venci de outra vez igual perigo".

Até o extremo então passou da ponte;
Mas, quando a sexta borda já subia,
Mister lhe foi mostrar serena fronte.

Qual fremente matilha, que se envia
Ao pobre, quando para esbaforido
E pede alívio à fome que o crucia:

De baixo arremeteu-lhe o bando infido,
Aceso em ira, os croques seus brandindo.
Mas gritou-lhes: "Nenhum seja atrevido!

Os croques suspendi: até mim vindo
Me preste algum de vós atenção toda.
Fere, se ousais porém antes me ouvindo".

Clamaram todos: "Ouça! O Malacoda!
Enquanto os mais ficavam no seu posto,
"Que queres?" disse alguém que sai da roda;

E o Mestre: "És, Malacoda, a crer disposto
Que as ameaças vossas superasse
Para aqui vir, se por celeste gosto

E supremo querer não caminhasse?
Deixa-me ir; pois a lei divina ordena.
Que eu nesta agra jornada outrem guiasse".

De Malacoda o orgulho já serena;
Aos pés lhe cai o croque; aos ais voltado
Lhes disse: "Este não pode sofrer pena".

E o Mestre me falou: "Tu, que abrigado
Estás entre os penedos cauteloso,
Volve a mim, do temor descativado".

Corri para Virgílio pressuroso.
Eis os demônios todos investiram:
Roto o concerto, pois, cria ansioso.

De Caprona os soldados, que saíram
A partido assim vi que estremeciam,
Quando envoltos de inimigos se sentiram.

Nos sevos gestos seus se me prendiam
Os olhos, e a Virgílio vinculado
Os braços o meu corpo todo haviam.

Os croques inclinados: "No costado
Fisguemo-lo" entre si dois prorromperam.
E os outros: "Oh! pois não! seja espetado!"

Ao que o Mestre falava desprouveram
Palavra tais, e então bradou depressa:
"Sê quedo, Scarmiglione!" Emudeceram.

Depois assim nos disse: "Andar por essa
Rocha não podereis; jaz destruído
Todo arco sexto sem restar-lhe peça.

Se avante quereis ir, seja seguido
Desta borda o caminho: não distante
Está rochedo ao passo apercebido.

Ontem, cinco horas mais do que este instante[120]
Mil e duzentos com sessenta e seis
Anos houve: é então a rocha hiante.

Dos sócios meus na companhia ireis;
Vão ver se alguém ao banho quer furtar-se.
Ide em paz: molestados não sereis.

Calcabrina, Alichino vão juntar-se
Com Cagnazzo, a decúria comandando
Barbariccia! E não podem separar-se

Droghinaz, Libicocco, deste bando!
Graffiacane, o dentudo Ciriatto,
Farfarel, Rubicante vão marchando!

Na ronda cada qual se mostre exato!
Sejam a salvo os dois encaminhados
Da ponte ao arco até agora intato!"

"Que vejo, ó Mestre", eu disse. "Acompanhados!
Se sabes ir só, vamos prontamente;
De guias tais dispensam-se os cuidados.

Se tu és, como sóis, Mestre, prudente,
Não vês que os dentes seus estão rangendo,
Que nos encaram com furor crescente?"

---

[120] O demônio falava cinco horas antes do meio-dia de 26 de março de 1300. Ao meio-dia teriam transcorrido 1266 anos da morte de Cristo. (N. T.)

"Não temas", disse o Mestre, respondendo.
"Ranger os dentes deixa-os a seu gosto:
É contra os que ardem lá no pez horrendo".

À sestra os dez então fizeram rosto;
Nos dentes cada qual mostra primeiro,
Por mofa a língua ao cabo já disposto;

E ele trompa fazia do traseiro.

CANTO XXII

Andando os dois Poetas pelo aterro à esquerda, veem muitos trapaceiros, que, por aliviar-se, boiam acima do piche fervendo. Sobrevêm os diabos e um deles é lacerado. É este Ciampolo, de Navarra, que consegue, depois, livrar-se das garras dos diabos, o que dá motivo a uma briga entre os demônios.

Marchar vi cavaleiros à peleja,
Travar luta, enlear-se no combate
E até pedir à fuga que os proteja;

Em vossa terra esquadras dar rebate
Vi, Aretinos; vi as cavalgadas,
Torneios, justas no mavórtico embate,

De tubas ao clangor, às badaladas,
Com sinais de castelos, de tambores,
Com artes novas ou entre nós usadas:

Não vi mover peões, nem corredores,
Nem baixéis, que regula a terra ou estrela,
De igual clarim aos sons atroadores.

Com dez demônios (que companha bela!)
Partimo-nos, porém rezar com santo,
Urrar com lobos discrição revela.

Minha atenção no pez se engolfa, entanto,
Por saber quanto encerra a negra cava,
Ali quem pena, quem derrama pranto.

Como o delfim, que da tormenta brava
O nauta avisa, o dorso recurvando,
Presságio do mau tempo, que se agrava.

Um lenitivo à pena, assim, buscando,
Mostrava o tergo algum dos condenados,
Qual relâmpago, logo se esquivando.

Como à borda de charcos enlodados
A fronte deixa à rã ver da água fora,
Pernas e corpo tendo resguardados:

Assim no pez a gente pecadora.
Mas, Barbariccia próximo já sendo,
Na resina se esconde abrasadora.

Eu vi (e ainda agora estou tremendo!)
Em cima retardar-se um desditoso
Qual rã, que fica, as mais desparecendo.

Perto ali 'stava Grafiacane iroso:
Fisgou-o na enviscada cabeleira,
E alçou, qual lontra, ao ar o criminoso.

Sabia os nomes da caterva inteira;
Ouvindo-os, atentei nos escolhidos:
Distingui-los podia de carreira.

"Eia! depressa os teus ferrões compridos
No costado lhe crava, ó Rubicante!"
Os demônios gritaram-lhe incendidos.

"Ó Mestre", disse, "inquire insinuante
Quem seja aquele mísero e mesquinho
Que em mãos caiu da turba petulante".

Moveu-se o Mestre e, à cava já vizinho,
Perguntou-lhe em que terra ele nascera.
"Em Navarra[121]", tornou-lhe, "eu tive o ninho.

De um fidalgo ao serviço me pusera
Minha mãe, quando o pai meu devastara
Fazenda e a própria vida com mão fera.

D'El-rei Tebaldo eu na privança entrara:
Vendia os seus favores fraudulento;
Sofro a pena do mal, que praticara".

Então os dentes lhe cravou cruento,
De javardo quais presas, Ciriatto:
Armam-lhe a boca, servem de instrumento.

Nas mãos de imigo seu caíra o rato:
Barbariccia, entre os braços o estreitando,
"Alto!", lhe diz. "A mim cabe seu trato."

---

121 Ciampo de Navarra, o qual serviu na corte do rei Tebaldo II de Navarra.

E o rosto para o Mestre meu voltando,
Falou: "Pergunta, se ainda mais desejas
Antes que o tenha lacerado o bando".

"Algum dos pecadores, com quem 'stejas",
Virgílio interrogou, "Latino há sido?"
Tornou: "Vou contentar-te no que almejas.

No pez deixei alguém por tal havido...
Ah! não temera, estando lá coberto,
Ser de unhas e farpões ora ferido".

"É demais!", Libicocco diz, que perto
Estava; e um braço ao triste dilacera,
Do croque ao golpe, aquele algoz esperto.

Às pernas Draghignaz também quisera
Do mísero investir; o cabo iroso
Acesos olhos volve e os dois modera.

Cessa um pouco o rumor e pessuroso
Pergunta o Mestre àquela sombra aflita,
Que do golpe olha o efeito doloroso:

"Quem foi essa alma, como tu prescita,
Que, por vires à tona, hás lá deixado?"
Responde o pecador: "Foi Frei Gomita[122]

De Galura, nas fraudes consumado
Que do seu amo a imigos poupou dano,
E, traidor, foi por eles premiado.

---

122 Frei Gomita, vigário de Ugolino Visconti, por dinheiro deu liberdade aos inimigos do seu senhor. (N. T.)

Dante Alighieri

Por ouro os deixou ir, como de plano
Confessa; e em tudo o mais provou ter foro
Nas tretas, ser nos dolos soberano.

Miguel Zanche[123], o Juiz de Logodoro,
Com ele ostenta, em práticas frequentes
De crimes, em Sardenha, o seu tesouro.

Ai! vede como esse outro range os dentes!
Iria por diante; mas receio
Na pele a fúria dos ferrões pungentes".

Atenta o cabo de olhos no meneio
Com que a ferir se apresta Farfarello.
"Vai daí!", lhe gritou, "pássaro feio!"

"Se Toscanos, Lombardos tens anelo
De ver e ouvir", o triste prosseguia,
"Traça darei, com que satisfazê-lo.

Suspendam Malebranche essa porfia;
Não temam sócios meus dura vingança,
Que eu, sentado, um só não, muitos faria

De lá surdir, segundo a nossa usança,
Ao sinal de assovio, que de ausente
Perigo ao vir à tona dá fiança."

Cagnazzo alça o focinho, de repente,
E, abanando a cabeça, diz "Cuidado!
Astúcia é por lançar-se ao pez fervente".

---

123 Miguel Zangue, vigário do rei Enzo em Logodoro. (N. T.)

Ele, que em cópia ardis tinha guardado,
Tornou: "Sutil astúcia, na verdade,
Causar aos meus tormento redobrado!"

Dos outros contra o aviso, por vaidade,
Alichino lhe disse: "Se abalares,
Não provarei de pés agilidade,

Hei de, voando, te agarrar nos ares.
Vamos do cimo e à riba retiremos:
Maravilha, se a tantos enganares!"

Leitor, logração nova contemplemos.
Já todos volvem de outro lado a vista:
Quem mais avesso assim primeiro vemos.

O Navarro estudara-o como invista;
E arrancando, de súbito, ao betume
Se arroja e a liberdade então conquista.

Da afronta sentem todos o azedume,
Inda mais quem motivo dera ao feito,
Gritando "Preso estás!", salta do cume,

Porém do medo se avantaja o efeito
Ao das asas: um baixa ao fundo presto,
No ar sustém-se o outro, alçando o peito.

Assim mergulha o pato na água lesto,
Quando avista o falcão: perdida a presa,
Se torna o caçador cansado e mesto.

Dante Alighieri

Calcabrina, da raiva na braveza,
Após o sócio voa, por ter briga,
Se a alma como deseja, vence empresa.

Vendo que ao fundo o malfeitor se abriga,
As garras volta contra o companheiro:
Furor à luta sobre o lago o instiga.

As unhas o outro, gavião ligeiro,
Lhe crava e, entrelaçando-se espantosos,
Tombam ambos no pez, de corpo inteiro.

Separa o grão fervor os dois raivosos;
Em vão, porém, subir-se pretenderam,
Que as asas prendem borbulhões viçosos.

Os outros vendo o caso, se doeram:
Envia quatro o cabo diligente;
E de croques armados acorreram.

De um lado e de outro chegam velozmente.
Tendem farpões aos sócios enviscados,
Cozidos já naquela crusta ardente,

E desta arte os deixamos atalhados.

CANTO XXIII

Prosseguem os dois Poetas o seu caminho, descartando-se dos diabos. Vendo-os, porém, voltar novamente, Virgílio abraça-se com Dante e deixam-se resvalar pelo declive do precipício. Encontram os hipócritas vestidos de pesadas capas de chumbo dourado. Falam com dois frades, Catalano e Loderigo, bolonheses. Um dos frades, inquirido por Virgílio, indica-lhe o modo de subir ao sétimo compartimento.

Em silêncio, a companha má deixada,
Seguíamos, após um do outro andando,
Como frades menores em jornada.

Meu pensamento à rixa se voltando,
A fábula de Esopo relembrava,
Em que ao rato arma a rã laço nefando.

Se aqueles casos dois eu confrontava,
Como issa e mo[124], iguais me pareciam,
Quando o princípio e fim seus recordava.

---

[124] "Mo" e "issa" advérbios que, ambos, significam: agora. (N. T.)

E, como os pensamentos se associam,
Outros logo daquele me brotaram,
Que em dobrado temor a alma envolviam.

Pensava: "Esses demônios que passaram,
Por causa nossa, tal vergonha e dano,
Do fato certamente se enojaram.

Se a maldade agravar rancor insano,
Eles no encalço nos virão ferozes,
Qual cão, que a lebre aboca enfim no plano".

Aguardando os horríficos algozes,
Arrepiam-se as carnes e o cabelo.
"Ó Mestre meu, as garras temo atrozes!"

Exclamo: "Ache depressa o teu desvelo
Para nós contra o bando amparo e abrigo.
Após os passos nossos cuido vê-lo.

Se espelho eu fora, a imagem tua, amigo,
Tanto não refletira claramente,
Quanto às ideias na tua alma sigo.

Agora iguais me estão surgindo à mente,
Concordes tanto nas feições, em tudo,
Que um parecer entre ambos há somente.

À destra inclina a encosta, ou eu me iludo:
Por lá baixando à mais vizinha cava,
Teremos contra assaltos seus escudo."

Não acabava, quando a turba prava
Assoma: de asas pandas se enviando
Contra nós, não mui longe a divisava.

De súbito nos braços me tomando,
Qual mãe, que ao despertar se vê cercada
De furiosas flamas, e, apertando

Ao seio o filho, foge acelerada,
E ao pudor véus esquece angustiosa,
Só por salvar aquela prenda amada:

Lá do cimo da riba alta e fragosa
Resvala o Mestre pela penha dura,
Muralha de outra cava tenebrosa.

Água não corre mais veloz da altura
Por canal a impulsar de engenho a roda,
Quando, vizinha aos cubos, se apressura,

Do que a descer o Guia meu se açoda,
Como a filho estreitando-me ao seu peito,
Não como a companheiro a quem se engoda.

Da cava, apenas atingira o leito,
Quando ao cimo os demônios se mostraram:
Mas de iras suas malogrou-se o efeito.

Por lei da Providência terminaram
Funções, que exercem na caverna quinta,
Toda vez que o recinto seu deixaram.

Gente, que de brilhante cor se pinta
Vemos, que a tardo passo em torno andava;
Chorava e em forças parecia extinta.

Capa e capuz trazia, que ocultava
Seus olhos, dessa forma de vestidos
De Colônia entre os monges mais se usava.

De ouro por fora, dentro guarnecidos
De chumbo: comparando a peso tanto,
De palha os de Frederico eram tecidos[125].

Por toda a eternidade, ó duro duro manto!
Com tais almas, à sestra, caminhamos,
Atentos escutando o triste pranto.

Tanto as oprime o peso, que as passamos
No lento caminhar; e a cada instante
De nova companhia ao lado estamos.

"Mostra-me", eu disse ao Guia, suplicante,
"Algum por nome ou feitos afamado;
Busca, sem te deter, Mestre prestante!"

Tendo vozes toscanas escutado,
Um atrás nos gritou: "Cessai da pressa,
Com que ides a correr pelo ar cerrado!

Cousa talvez direi, que te interessa".
Volta-se o Mestre e diz-me: "Agora espera;
Para o passo igualar-lhes não te apressa".

---

[125] Em comparação, as capas que Frederico II mandara colocar nos presos eram levíssimas. (N. T.)

Cessando, vejo um par que se acelera;
Seus gestos dizem que acercar-se aspiram,
Malgrado a estrada e o peso, que os onera.

Aqueles dois, já próximos, remiram
Com vesgos olhos, sem falar, meu rosto;
Depois entre eles vozes tais se ouviram:

"O que respira ainda em vida é o posto?
Se mortos ambos são, por que motivo
Da plúmbea capa evadem-se ao desgosto?"

E disseram: "Toscano, que, inda vivo,
Vens de hipócritas ver o grêmio triste,
Dizer quem sejas, não recusa esquivo".

"Nasci na grã cidade, à qual assiste
Com suas belas margens o Arno ameno,
E o corpo, em que hei crescido, lá persiste.

Quem sois que da aflição tanto veneno
Na face amargo pranto denuncia?
Qual penar tendes de esplendor tão pleno?"

"Tanto chumbo se encobre", um me dizia,
"Destas capas sob o ouro, que oscilamos,
Qual balança, que ao peso hesitaria.

De Bolonha e Godente, nos chamamos
Um Loderigo e o outro Catalano[126]:
Juntos ambos Florença governamos,

---

126 Loderigo e Catalano, frades que foram chamados a governar Florença, depois da derrota de Manfredo (1266), e que se aproveitaram da sua posição, causando um motim no qual foi incendiada a casa dos Uberti, perto do Gardingo. (N. T.)

Por que ficasse a paz livre de dano.
Em vez de um regedor; do que hemos sido
O Gardingo dá prova e desengano".

"Ó irmãos", comecei, "o mal nascido..."
Atalhei-me: jazendo um condenado
Com puas três em cruz via estendido.

Em vendo-me estorceu-se angustiado.
Altos suspiros arrancou do peito.
Catalano acercou-se apressurado.

"Este[127]", disse, "que geme em duro leito,
Que a um homem dessem morte, aconselhara
Aos Fariseus, do povo por proveito.

Através do caminho é nu, repara:
De quem passa, desta arte, ele conhece
O peso, quando por calcá-lo para.

Igual martírio o sogro[128] seu padece,
Assim como cada um desse concílio,
Semente pra os Judeus de horrenda messe".

Maravilhar-se então mostrou Virgílio,
Posto em cruz o prescito contemplando
Com tanto opróbrio lá no eterno exílio,

---

127 Caifás, o sumo sacerdote de Israel, que aconselhou a morte de Jesus. (N. T.)
128 Anah, sogro de Caifás. (N. T.)

Voltou-se a Catalano assim falando:
"Dizei, se assim vos apraz e é permitido,
Se à direita há vereda, onde, passando,

Deste recinto vamo-nos temido,
Sem que os anjos perversos obriguemos
Caminho a nos mostrar não conhecido".

Tornou: "Mais perto do que julgas temos
Rochedo, que, do muro se estendendo,
Dá ponte a cada val, em que gememos.

Este não cobre, outrora se rompendo;
Mas subir podereis pela ruína,
Que do declive ao fundo se está vendo".

Ouvindo, o Guia um pouco a fronte inclina
E diz: "Bem más explicações nos dava
Quem tanto os pecadores amofina".

Logo o frade: "Em Bolonha me constava
Que o demônio, entre os vícios com que sustenta,
De ser pai da mentira se ufanava".

A passo largo o Mestre já se ausenta;
Ira ressumbra o rosto carregado.
Deixa a turba, que em capas se atormenta,

As pegadas seguindo-lhe apressado.

CANTO XXIV

    Encaminham-se os Poetas pelo rochedo e chegam ao sétimo compartimento no qual estão os ladrões, os quais, picados por serpentes horríveis, inflamam-se e, depois, ressurgem das cinzas. Entre eles Dante reconhece Vanni Fucci, o qual, por desafogar o despeito de ser colhido em tal vergonha e miséria, prediz-lhe a derrota dos Brancos.

Naquela parte do ano incipiente,
Em que as comas do Sol se fortalecem
No Aquário, e a noite iguala o dia ausente,

Quando as geadas matinais parecem
Da alva irmã figurar a imagem pura,
Mas tais feições em breve se esvaecem.

Campino, que a indigência já tortura,
Ergue-se, e vendo o prado embranquecido.
No coração calar sente a amargura.

Torna ao tugúrio e carpe-se abatido,
Como quem toda a esperança já perdera;
Mas vendo em breve o campo estar despido

Do triste manto, o alento recupera.
Revigorado então, corre ao cajado
E as ovelhas ao pascigo acelera.

De temor me senti, dessa arte, entrado
Do mestre merencóreo ante o semblante;
Mas logo ao mal foi bálsamo aplicado.

À ruína chegamos: nesse instante
Virgílio volve àquele doce gesto,
Que eu da colina ao pé vira ofegante.

Reflete um pouco, o estado manifesto
Da rocha examinando: eis-me, estendendo
Os braços, resoluto ergueu-me presto.

Como aquele que uma obra entre mãos tendo.
Logo noutra tarefa põe o intento,
Num rochedo Virgílio me sustendo,

Já de outro acima me avisava atento.
"Mais alto agora sobe", me dizia,
"Vê se a rocha está firme! Toma tento!"

De capa ali ninguém transitaria;
Pois nós, leve e eu sempre transportado,
Subíamos a custo a penedia.

Se mais alto o declive do outro lado
Não fora do que esse outro, em que ora estamos,
"Dele não sei", ficara eu lá prostrado.

Dante Alighieri

Que Malebolge inclina-se notamos
À boca enorme do profundo poço;
As encostas, são tais, experimentamos,

Que uma é baixa, outra excelsa em cada fosso.
Vimos, enfim, do topo à roca extrema,
Dessa ruína ao último destroço.

Lá chegado, afã tanto o peito prema,
Que avante um passo dar eu mais não pude;
Sentei-me então na inanição suprema.

"Eia! toda a fraqueza em ti se mude!
Em ócio", disse o Mestre, "ou sobre a pluma
Prêmios ninguém conquista da virtude.

Aquele que a existência assim consuma,
Tal vestígio de si deixa na terra,
Como o fumo no ar e na água a espuma.

Ergue-te, pois! Torpor de ti desterra!
Recobra o esforço que os perigos vence!
Impere alma no corpo em que se encerra!

Que vais subir muito alto a mente pense;
Desse abismo não basta haver saído.
Será teu prol, se a minha voz convence".

Alço-me então, mostrando-me impelido
De alento, que não tinha; e ao Mestre digo:
"Avante! Forte já me sinto e ardido!"

A Divina Comédia – Inferno

Pela rocha asperíssima prossigo
Mais estreita, inda menos acessível
Que a outra: os passos de Virgílio sigo.

Por provar-me às fadigas insensível
Falando andava. Eis ouço de outra cava
Ressoar voz bem pouco perceptível.

O que disse não sei, posto me achava
Da ponte sobre a parte culminante;
Mais parecia iroso quem falava.

Curvei-me para ver no fosso hiante,
Mas alcançar não pude o fundo escuro.
Ao Mestre disse então: "Se apraz-te, avante

Passando, desceremos deste muro;
Daqui ouço uma voz, mas não a entendo;
Fito os olhos, mas nada me afiguro".

"Respondo aos teus desejos, acedendo;
Que o pedido discreto assim declaro
Se cumpre, não falando, mas fazendo."

Fomos da ponte à parte, donde é claro
Que se vai ter à ribanceira oitava:
Ficou patente a cava ao meu reparo.

De serpes tal cardume se enroscava,
Horríficas na infinda variedade,
Que ao sangue, inda ao lembrar, terror me trava.

Dante Alighieri

Não tenha a Líbia de criar vaidade,
De quersos, fares, cencris no seu seio
E anfisbenas, tamanha quantidade.

Nem do mar Roxo[129] em plagas, nem no meio
Da Etiópia, tropel tão pavoroso
De flagelos jamais a lume veio:

Por entre o enxame atroz e temeroso
Almas corriam nuas e transidas,
Heliotrópia não esperando ou pouso.

Atrás as mãos por serpes são tolhidas,
Que, transpassando os rins, cauda e cabeça,
Lhes tinham por diante em laços unidas.

Eis uma de repente se arremessa
Ao prescito, que perto nos demora:
Morde-lhe o colo onde a espádua cessa.

Um O traçar ou I mais custa agora
Do que ser o mesquinho incendiado:
Em cinzas cai o pecador, que chora.

Estando em terra desta arte derribado,
Juntando-se a cinza e logo reformou-se,
Como de antes, o triste condenado.

Dos sábios na escritura já narrou-se
Que a Fênix morre e logo após renasce,
Quando aos anos quinhentos acercou-se.

---

129 Nem do mar Roxo em plagas é a versão pela qual o trecho "che sopra al Mar Rosso" aparenta ter sido traduzido do italiano. Rosso, em italiano, significa vermelho. (N. T.)

Viva, já nunca em cibo ela se pasce,
Em lágrimas, porém, de incenso e amono;
De nardo e mirra em ninho extremo apraz-se.

Como aquele que cai sem saber como,
Do demônio ao poder, que à terra o tira,
Ou de outra opilação sentindo o assomo;

Levantando-se, em torno a si remira,
Da angústia inda aturdido, que o mordera,
E, em seu soçobro, pávido suspira:

Assim parece o pecador, que ardera.
Contra os pecados na final vingança,
Ó Justiça de Deus, quanto és severa!

Quem fora inquire o Mestre, e dele alcança
Estas vozes: "Há pouco, da Toscana
Chovi no abismo, onde ninguém descansa.

Vida brutal vivi, não vida humana.
Chamei-me Vanni Fucci[130], híbrida besta;
Pistoia, meu covil, de mim se ufana".

Ao Mestre eu disse: "Referir-nos resta
O crime, que deu causa à morte sua:
Sei que em sangue banhara a mão funesta".

O pecador, que me ouve, não se amua:
Volta-me presto a cara, em que a tristeza
Com sinais de vergonha se insinua

---

130 Ribaldo que roubou o tesouro de S. Jacopo em Pistoia. (N. T.)

Dante Alighieri

E diz: "Sinto da dor mais a aspereza,
Porque em miséria tanta me vês posto,
Do que quando da morte hei sido a presa.

Ao que exiges respondo com desgosto:
Por ter roubado alfaias e ornamento
Da igreja, aqui estou, sendo meu gosto

Que pelo crime houvesse outro tormento.
Se deste antro saíres algum dia,
Por que não sejas do meu mal contento,

Ouve bem o que a voz minha anuncia:
De si Pistoia os Negros expulsando,
Povo, modos, Florença então cambia.

Vapor de Val de Magra Marte alçando,
O traz em torvas nuvens envolvido;
E, enquanto a tempestade está raivando,

No campo de Picen será ferido
Combate; a névoa logo se esvaece;
Dos Brancos[131] cada qual será batido.

Sabe-o, pois: certo, a nova te entristece".

---

131 Vanni Fucci, sabendo que Dante era do partido dos Brancos, prediz-lhe que os Brancos serão exilados de Florença e, depois, derrotados em Campopiano. (N. T.)

CANTO XXV

Vanni Fucci depois das negras predições desafia a Deus, pelo que o centauro Caco, todo coberto de serpentes, lhe corre atrás. Dante reconhece entre os danados alguns florentinos que, em Florença, desempenharam funções importantes, aproveitando-se dos dinheiros públicos, e descreve suas transformações de homens em serpentes e vice-versa.

Assim dizia o roubador e, alçando
Ambas as mãos, que figuravam figas:
"Toma, ó Deus exclamou o que eu te mando".

Serpes me foram desde então amigas:
Porque logo uma ao colo se enroscava,
Como a dizer: "Não quero que prossigas!"

Tolhendo-lhe outra os braços, se enlaçava
Diante sobre o peito, e o movimento
Com rebatido vínculo atalhava.

Ah! Pistoia! ah! Pistoia! o incendimento
Teu decreto, extinguido nome impuro,
Pois dás da extirpe tua ao vício aumento!

Tão soberbo não vi no abismo escuro,
Contra Deus outro espírito; nem o ousado[132],
Que de Tebas caiu morto do muro.

Sem mais dizer fugira o condenado.
Eis rábido centauro vi correndo
A gritar: "Onde está o celerado?"

Nem tem Marema de répteis horrendo
Bando igual ao que o dorso carregava
Té onde a humana forma está-se vendo.

Na espádua, abaixo da cerviz pousava,
As asas estendendo, atroce drago,
Que fogo a quanto encontra arrevessava.

"É Caco[133]", o Mestre diz, "que a imane estrago
Afeito do Aventino se aprazia,
Sob as penhas, de sangue em fazer lago.

Dos seus irmãos não segue a companhia,
Por haver depredado, fraudulento,
Armentio, que próximo pascia.

Tiveram fim seus crimes: golpes cento
Sobre ele desfechou de Alcide a clava:
Aos dez perdera já a vida o alento".

Foi-se o centauro enquanto assim falava.
Abaixo eis três espíritos chegando,
Nos quais nenhum de nós inda atentava,

---

132 Capaneu, V. Inf. XIV. (N. T.)
133 Coco, ladrão, ao roubar o rebanho de Hércules, para despistar, puxou as ovelhas pela cauda. (N. T.)

"Quem sois?", romperam súbito bradando.
A Narração então suspende o Guia;
E só deles curamos, escutando.

Nenhum dessa companha eu conhecia;
Mas então, como às vezes acontece,
Um, chamando por outro, assim dizia:

"Onde é Cianfa[134], que assim desaparece?"
Dedo nos lábios fiz nesse momento
A Virgílio sinal, por que atendesse.

Em crer o que eu contar se fores lento,
Não há de ser, leitor, para estranhado;
Quase o que eu vi descrê meu pensamento.

Quando eu dos três a vista era engolfado,
Sobre seis pés se via uma serpente
Contra um deles e o tem todo enlaçado.

Abraçam-lhe os do meio rijamente
O ventre; aos braços aos de cima rendem,
Ambas as faces morde-lhe furente.

Os de baixo nas coxas já se estendem,
Interpondo-se a cauda, que, subindo
Por detrás, voltas dá que os rins lhe prendem.

Hera, de árvores os ramos recingindo,
Não os enleia tanto, como a fera
Alheios membros ao seu corpo unindo.

---

134 Cianfa dei Donati, ladrão florentino que veremos transformado em serpente. (N. T.)

Dante Alighieri

Fundiram-se depois, de quente cera
Com feitos; travando as suas cores,
Um nem outro parece o que antes era:

Como em papel, do fogo ante os ardores
Procede escura cor; inda não sendo
Negro, vão fenecendo os seus albores.

Os dois, a maravilha percebendo,
Gritavam-lhe: "Ai! Agnel[135], quanto hás mudado!
Um já não és mas dois ser não podendo!"

Numa cabeça as duas se hão tornado;
Confundidos estavam dois semblantes
Num rosto, em que se haviam misturado.

São dois os braços, que eram quatro de antes,
Foram coxas e pernas, ventre e peito
Membros, que nunca hão tido semelhantes.

Perdeu-se assim todo o primeiro aspeito;
Seres dois e nenhum nessa figura
Se via; e o montro foi-se a passo estreito.

Quando o fervor canicular se apura,
Cruza o lagarto, como o raio, a estrada,
E uma mouta deixando, outra procura.

Tal menor serpe, lívida, inflamada.
Negrejando, qual bago de pimenta,
Aos outros dois se arroja acelerada.

---

135 Agnello Brunelleschi, ladrão florentino. (N. T.)

E na parte, por onde se alimenta
Primeiro a vida nossa, um dos dois fere
E ante ele tomba em queda violenta.

Olha o ferido, mas nem voz profere;
E sobre os pés imóvel bocejava,
Como quem sono prenda ou febre onere.

Fitava olhos na serpe, e esta o encarava;
A chaga de um eu via, do outro a boca
Fumegar; e o seu fumo se encontrava.

Emudeça Lucano, quando toca
Em Sabelo infeliz mais em Nascídio[136]
Escute: mor portento ora se evoca.

De Cadmo e Aretusa[137] cale Ovídio:
Se fonte a esta, àquela fez serpente,
Não o invejo: aqui há pior excídio,

Não converteu dois seres frente a frente,
Tanto que permutasse formas duas
Sua própria matéria de repente.

Desta sorte compõem-se as partes suas:
A cauda à serpe fende-se em forquilha,
Cerra o ferido em uma as plantas nuas.

---

136 Sabelo e Nascídio, personagens dos "Farsálias" de Lucano que, mordidos por cobras, mudam de aspecto. (N. T.)

137 Cádmio e Aretusa, personagens das "Metamorfoses" de Ovídio que se transformam o primeiro em serpente e a segunda numa fonte. (N. T.)

Dante Alighieri

Tal prisão coxas, pernas envencilha
Que em breve nem vestígio há de juntura,
Sinal, ou numa ou noutra, de partilha.

Fendida a cauda assume essa figura
Que perde o homem; numa é tão macia
A pele, quanto noutro fez-se dura.

Entrar os braços nas axilas via;
Tanto estendia os curtos pés a fera,
Quanto o outro os seus braços encolhia.

Os pés o drago extremos retorcera,
Na parte, que se esconde, se mudando,
Que em duas no mesquinho se fendera.

Enquanto o fumo os dois ia velando
De nova cor e a serpe o pelo empresta,
Que em todo perde o pecador nefando,

Ergue-se um, cai o outro e no chão resta,
Os ímpios olhos sem torcer, que viram
Dos gestos seus a conversão funesta.

Ao que era em pé às frontes lhe subiram
Do rosto as sobras: cada face afeita
Uma orelha, de duas, que saíram.

Quanto de mais ficara então se ajeita,
O nariz conformando-lhe na cara
E de lábios lhe ornando a boca estreita,

A beiça o que jazia dilatara;
Qual caramujo, que as antenas cerra,
À cabeça as orelhas retirara.

A língua unida e no falar não perra
Partiu-se, enquanto a do outro, forquilhada,
Uniu-se; o fumo desde então se encerra.

Essa alma, que em réptil era mudada,
Pelo vale arremete sibilando,
Falando, a outra escarra e a segue irada.

Depois, seu novo dorso lhe voltando,
Disse à terceira sombra: "Corra o Buoso,
Como eu, por esta senda rastejando".

Assim vi no antro sétimo espantoso
Mútuas transformações: tanta estranheza
Desculpe o canto rude e descuidoso.

Posto empanar dos olhos a clareza
E entrar o assombro no ânimo eu sentisse,
Não fugiram com tanta sutileza,

Nem tão prestes que eu bem não discernisse
Puccio Sciancato[138], que dos três somente
Fora o que transmudado se não visse,

Deu-te o outro, Gavili, dor pungente.

---

138 Puccio Sciancato, ladrão florentino. (N. T.)

CANTO XXVI

Chegando os Poetas ao oitavo compartimento, distinguem infinitas chamas, dentro das quais são punidos os maus conselheiros. Numa chama bipartida estão Diômedes e Ulisses. Este último, a pedido de Dante, narra a sua última navegação, na qual perdeu a vida com os seus companheiros.

Folga, ó Florença! A fama tens tão grande,
Que asas bates por terra e mar, vaidosa!
Até no inferno o nome teu se expande!

Entre os ladrões, ó cousa vergonhosa!
Principais cinco achei, que em ti nasceram:
Serás por honra tal, vangloriosa?

Se os veros sonhos por manhã se geram,
Em breve hás de sentir o que os de Prato[139],
Quanto mais outros, por teu dano esperam.

Presto que venha, será tarde o fato;
Se o mal tem de ferir, fira apressado:
Mais velho me há de ser mais grave e ingrato.

---
139 Pequena cidade perto de Florença. (N. T.)

Partimos: do rochedo alcantilado
Os degraus, em que havíamos descido,
Sobe o Mestre e por ele eu fui levado.

Em nosso ermo caminho e desabrido
Prosseguimos por entre agras fraguras,
Pelas mãos sendo o pé favorecido.

Inda n'alma exacerbam-se amarguras,
Do que hei visto lembranças avivando;
E, quanto posso, o coração nas puras

Veredas da virtude vou guiando,
Por que o bem, por bom astro ou Deus doado,
Eu próprio não converta em mal nefando.

O rústico, no outeiro reclinado,
Na estação, em que o Sol o mundo aclara,
Mais lhe mostrando o seu semblante amado,

Já quando a mosca o sucessor depara,
Pirilampos não vê tão numerosos
No vale, onde vindima, ou ceifa ou ara,

Quando, no fosso oitavo, os temerosos
Fogos, que avisto, dos que, ao cimo alçado,
Fito no fundo os olhos curiosos.

Como aquele que de ursos foi vingado,
Quando voou de Elia o carro ardente,
Ao céu por frisões ígneos transportado,

Dante Alighieri

Seguiu c'a vista o lume, que somente
Dos ares na extensão aparecia,
Qual nuvens se elevando velozmente;

Assim naquele abismo se agitando
As flamas via; em cada qual estava
Uma alma, em seus fulgores se ocultando.

Para ver, lá da ponte, me inclinava:
Se amparado da rocha eu não estivesse,
Tombara ao fundo dessa hiante cava.

O Mestre, ao ver que a mente se embevece,
"Em cada fogo", diz-me, "um condenado,
Como em hábito, envolto, arde e padece".

"Sou, te ouvindo", tornei, "certificado
Do que era, há pouco, em mim simples suspeita.
Pretendia inquirir, maravilhado,

Que significa o fogo, que endireita
A nós, e se partindo, iguala a pira,
Para inimigos irmãos outrora feita".

"Estão lá dentro dessa flama dira
Diômedes e Ulisses[140]: em castigo
Sócios são, como outrora hão sido em ira.

Lá dentro geme o pérfido inimigo,
Inventor do cavalo, que foi porta,
Por onde a Roma veio o início antigo;

---

140 Diômedes e Ulisses, heróis gregos que combateram juntos no assédio de Troia. (N. T.)

Chora-se a fraude, que Deidâmia morta,
Ainda exprobra a Aquiles, ressentida;
Pelo Paládio[141] a pena se suporta".

"Se à labareda, ó Mestre, é permitida
A fala", eu disse, "te suplico e rogo
Com instância, mil vezes repetida,

Aguardar me concedas esse fogo,
Que, bipartido para nós caminha.
Vês meu anelo: ah! dá-lhe o desafogo!"

"Merece toda a complacência minha
Teu rogo: eu de bom grado o atendo e aceito.
Mas cala-te; que hás de ser contente asinha.

Falar me deixa; sei qual teu conceito,
Talvez que desses Gregos na alma esquiva
Produza o teu dizer ingrato efeito."

Propínqua estando a nós a flama viva,
E, asado ao Mestre, parecendo o ensejo,
Nesta linguagem disse persuasiva:

"Ó vós, que nesse fogo eu junto vejo,
Se por serviços meus, quando vivia,
Revelei de aprazer-vos o desejo,

Nos sonoros versos que escrevia,
Detende-vos: benévolo um nos diga
Onde viu fenecer o extremo dia".

---

141 O Poeta lembra três façanhas astuciosas de Ulisses: o cavalo de madeira para enganar os troianos; a descoberta de Aquiles disfarçado em mulher entre os companheiros de Deidâmia; e o roubo de uma estátua de Palas que tornava Troia inexpugnável. (N. T.)

Dante Alighieri

A parte superior da flama antiga
A tremular começa murmurando,
Como a que o vento lhe assoprando instiga.

E a um lado e a outro o cimo meneando,
Como se língua fora, que falasse,
Estas vozes profere, e diz-nos: "Quando

De Circe a encantos me esquivei fugace,
Em que um ano passei junto a Gaeta[142],
Antes que assim Eneias a chamasse,

A saudade do filho, a mui dileta
Velhice de meu pai, de alta consorte
Santo amor, em que ardia sempre inquieta,

Não dominaram esse anelo forte
Que me impulsava a ser do mundo esperto,
Das manhas das nações, da humana sorte.

Lancei-me às vagas do alto mar aberto;
Sobre um só lenho me seguiu companha
De poucos, mas de afouto peito e certo.

As ondas perlustrando, hei visto a Espanha,
Marrocos, logo a ínsula dos Sardos
E as outras que o cerúleo pego banha.

---

142 Eneias, ao fundar a cidade de Gaeta, deu-lhe o nome de sua nutriz. (N. T.)

Já da velhice nos sentidos tardos,
Alfim chegamos ao famoso estreito[143],
Onde Alcides aos nautas pôs resguardos,

Que devem respeitar por seu proveito.
Deixei Septa, que jaz ao esquerdo lado,
E Sevilha, que ao lado está direito.

'Perigos mil vencendo e avesso fado',
Lhes disse, 'irmãos, chegastes ao Poente!
Da existência este resto, já minguado,

Razão não seja, que vos tolha a mente
De além do sol, tentar nobre aventura,
E o mundo ver, que jaz órfão de gente.

Da vossa raça refleti na altura!
Viver quais brutos veda-o vossa origem!
De glória vos impele ambição pura!'

Com tanto esforço os ânimos se erigem,
Falar me ouvindo assim, que ir por diante
De entusiasmo sôfregos, exigem.

Já, com popa ao Nascente flamejante,
Asas os remos são na empresa ousada,
E o lenho sempre à esquerda voga avante.

---

[143] Gibraltar, cujos montes (as colunas de Hércules) eram considerados como aviso para que não se passasse além. (N. T.)

Dante Alighieri

Já do outro polo a noite levantada,
Via os astros brilhar: o nosso, entanto,
Na planície imergia-se salgada:

Cinco vezes a luz do etéreo manto
A lua difundira e após minguara,
Depois que arrosto do oceano o espanto,

Quando imensa montanha se depara:
Envolta em cerração, longe aparece;
Na altiveza outra igual nunca avistara.

O prazer nosso em pranto se esvaece:
Da nova terra eis súbito irrompendo
Contra o lenho um tufão medonho cresce.

Vezes três em voragens o torcendo,
A quarta a popa levantou-lhe ao alto,
E a proa, ao querer de outrem, foi descendo.

Cerrou-se o pego sobre nós de salto".

CANTO XXVII

Outro danado entra a falar com Dante. É Guido de Montefeltro, o qual pede notícias da Romanha, sua terra natal. Conta, depois, que foi condenado por causa de um mau conselho que, fiado na prévia absolvição, dera ao papa Bonifácio VIII.

A flama já se erguia e estava quieta,
Não mais falando, e já se retirava
Com permissão do meu gentil Poeta,

Quando outra, que de perto caminhava,
Pelos confusos sons, que desprendia,
Olhar nos fez seu cimo, que oscilava.

Como o sículo touro[144], que mugia
A vez primeira, o pranto ressoando
Do inventor, que seu prêmio recebia;

Berrava pela voz do miserando,
Na brônzea forma, em dor tanto pungente,
Que parecia vivo estar penando:

---

144 Sículo touro, o touro de bronze de que Falarides, tirano de Agrigento, se servia para queimar os seus inimigos. (N. T.)

Assim se convertia o som plangente
De flama no rumor, lhe falecendo
Caminho, em que irrompesse prontamente.

Mais se exalar pelo ápice em podendo
Dar-lhe impulso por ter já conseguido
Desse mesquinho a língua, se movendo,

"Tu, a quem me dirijo", temos ouvido,
"Que, inda há pouco, dizias em lombardo:
Podes ir, tens assaz já respondido.

Posto em chegar um tanto eu fosse tardo,
De ouvir-me não despraza-te a demora;
Bem vês, me não despraz: entanto eu ardo.

Se a este abismo tenebroso agora
Tombas saudoso dessa doce terra
Latina, onde hei pecado tanto outrora,

Se os Romanhóis têm paz, dize-me, se guerra,
Pois eu fui lá dos montes[145], entre Urbino
E essa, origem do Tibre, altiva serra".

Para escutar atento a fronte inclino.
Eis, tocando-me a um lado, diz meu Guia:
"Podes ora falar, que este é Latino".

Eu, que já prestes a resposta havia,
Tornei ao pecador incontinenti:
"Alma, que o fogo assim veste e crucia,

---

145 Guido de Montefeltro, que, depois de valoroso guerreiro, fez-se franciscano. (N. T.)

Tua Romanha em guerra permanente
Sempre é no coração dos seus tiranos.
Porém nenhuma agora tem patente.

Hoje é Ravena o que era, há longos anos,
De Polenta a águia[146] forte ali se aninha;
Com largas asas cobre à Cérvia os planos.

A terra, que no tardo assédio tinha
Pelo sangue francês sido inundada
Sob verde leão, sofre mesquinha.

Dos Mastins de Verruchio[147] a subjugada
Gente os dentes cruéis inda sentia:
Morte a Montagna[148] deram desapiedada.

Em Lamone, em Santerno[149] inda regia
Do alvo ninho o leão, se convertendo
De um pra outro partido cada dia.

A cidade[150] que o Sávio banha, sendo
Entre o plaino e a montanha, em liberdade
Ou vive ou sob o jugo vai sofrendo.

Ora nos diz quem foste na verdade;
Condescendente sê, como hemos sido:
No mundo haja o teu nome longa idade".

---

146 A família de Polenta, que tinha uma águia por emblema, dominou Ravena e Cérvia. (N. T.)
147 Mastinos de Verruchio, Malatesta e Malatestino de Verruchio, senhores de Rímini. (N. T.)
148 Prisioneiro guelfo que Malatestino mandou matar. (N. T.)
149 Lamone e Santerno, as cidades de Faenza e Ímola. (N. T.)
150 Cesena. (N. T.)

Dante Alighieri

O fogo rumoreja e comovido
De um lado a outro a ponta aguda agita;
Depois emite a voz neste sentido:

"Se esta resposta minha fosse dita
A quem do mundo à luz daqui voltasse,
Queda ficara a minha língua aflita.

Mas como é certo que jamais tornasse
Quem no inferno caiu, se não me engano,
De falar não hei medo, que embarace,

Homem de armas, depois fui Franciscano,
Crendo pelo cordão ser emendado;
Por crê-lo certo, me esquivara ao dano,

Se o Papa[151] (todo o mal seja-lhe dado!)
Não me volvesse à primitiva estrada.
Como e por que te fique declarado.

Enquanto a humana forma era habitada
Por mim, não provei ser leão por feitos,
Mas raposa, por astúcia abalizada.

Estratégia sutil, ardis perfeitos
Tantos soube, que os âmbitos da terra
Eram à fama de meu nome estreitos.

Da existência na quadra, em que muito erra
Quem, de surgir no porto esperançado,
Nem colhe os cabos nem as velas ferra,

---
151 O papa Bonifácio VIII. (N. T.)

Odiei quanto houvera mais amado
E humilhei-me confesso e arrependido...
E o perdão, ai de mim! fora alcançado...

Dos novos Fariseus Príncipe infido,
Em Latrão[152] guerra crua declara:
Não contra Mouro, nem Judeu descrido,

Contra cristãos as iras ateara;
Nenhum traidor contra Acre[153] combatera
Ou do Soldão na terra traficara.

Sacras ordens em si não considera,
Nem cargo excelso, em mim o da humildade
Cordão, que os penitentes seus macera.

Como foi de Sirati[154] à soledade
Constantino a Silvestre pedir cura
Da lepra: assim também à enfermidade

De seu febril orgulho este procura
Remédio em meu conselho. Escrupuloso
Calei-me: de ébrio vi nele a loucura.

'Fala', insistiu, 'não sejas temeroso!
Absolto és desde já, se Palestrino
A vencer me ensinares ardiloso.

---

152 Os Colonenses moravam perto da igreja de S. João em Latrão. (N. T.)
153 Contra Acre, que os Sarracenos tomaram aos cristãos em 1291. (N. T.)
154 Conforme uma lenda, Constantino foi curado da lepra por S. Silvestre, que morava numa gruta do monte Sirati. (N. T.)

Dante Alighieri

Eu abro e fecho o céu: poder divino
As duas chaves têm, a que há negado
O meu antecessor preço condino'.

Já destas razões graves abalado,
Pior partido no silêncio vendo,
Lhe tornei: 'Padre Santo, se o pecado,

Em que ora vou cair, estás-me absolvendo,
Darás ao sólio teu glória e conforto
Prometendo demais, pouco fazendo'.

Francisco me acudiu, quando fui morto;
Mas clamou anjo negro apressurado:
'Não mo tomes; assim me causas torto!

Lugar foi-lhe entre os meus assinalado:
Dês que há dado o conselho fementido,
Ficou pelos cabelos agarrado.

Perdão só tem quem geme arrependido;
Pecado à penitência não se amanha,
Não pode aquele andar a esta unido'.

Ai! qual foi meu pavor quando, com sanha
Empolgando-me, disse: 'Creste acaso
Que me falta de lógico arte e manha?'

A Minos me arrastou, que sem mais prazo,
Da cauda em voltas oito o dorso enreda,
Raivoso morde-a e diz: 'É neste caso

Que aos maus prisão se dá na labareda.
Assim onde me vês, fiquei perdido,
Vou chorando, em tais vestes, minha queda".

Tendo, pois, desta sorte concluído,
Aquela flama se partiu gemendo
E agitando o seu vórtice estorcido.

Eu e Virgílio, então, seguido havendo
Pelo rochedo, ao arco nós subimos,
Que o nono fosso cobre, onde sofrendo

Os que cizânia semearam vimos.

CANTO XXVIII

No nono compartimento os Poetas encontram os semeadores de cismas e escândalos civis e religiosos. Dante vê Maomé, que o encarrega de uma embaixada para o herege rei Dolcino; fala também com outros danados.

Dizer o sangue e as chagas espantosas,
Que eu vi neste lugar, quem poderia,
Em livre prosa e em vezes numerosas?

Nenhuma língua, certo, bastaria;
Fraca a palavra, inábil nossa mente
Para horror tanto compreender seria.

Quando junta estivesse toda gente,
Que lá da Apúlia na infelice terra,
Perdera o sangue seu na luta ingente

Dos romanos por mãos; e em crua guerra
A que tantos de anéis deixou vencida,
Como refere Lívio, que não erra;

E a que fora por golpes abatida,
Quando a Roberto Guiscardo[155] resistia;
E a que tem sua ossada inda espargida

De Ceperan no campo, onde traía
Cada Apulhês; e que no Tagliacozzo[156]
O Velho Alard sem combater vencia:

Das feridas o aspecto lastimoso
Não fora, qual no fosso nono imundo
Apresentava o bando criminoso.

Qual tonel, que aduelas perde ao fundo,
Estava um pecador, que roto eu via
Das fauces ao lugar que é menos mundo.

As entranhas pendiam-lhe; trazia
Patentes os pulmões e o saco feio,
Onde o alimento de feição varia.

A contemplá-lo estava de horror cheio,
Eis me encara e me diz, abrindo o peito:
"Vê como eu tenho lacerado o seio!

Mafoma[157] sou, quase pedaços feito;
Antecede-me Ali[158], que se lamenta:
Do mento à testa o rosto lhe é desfeito.

---

155 Roberto Guiscardo, combatendo contra os Sarracenos, conquistou o reino de Nápoles. (N. T.)
156 Tagliacozzo, onde morreu Corradino. (N. T.)
157 Mafoma, Maomé, fundador do Islamismo. (N. T.)
158 Parente de Maomé. (N. T.)

Todos, que a dor aqui tanto atormenta,
De escândalos, de cismas inventores,
Pendidos têm, qual vês, pena cruenta.

Demônio deixo atrás que os pecadores
Aos fios passa de cruel espada.
Da multidão nenhum aos seus furores

No giro escapa da afrontosa estrada.
Cerrar-se em todo cada golpe horrendo
Antes que torne a olhar-lhe a face irada.

Mas quem és, que, na rocha te detendo,
Estás dessa arte a dilatar a pena,
Que Minos te aplicou, teus crimes vendo?"

"Não é morto; sentença o não condena",
Torna o Mestre, "não vem por seu castigo,
Mas, para ter experiência plena.

Descendo ao mais profundo vai comigo,
Que morto sou, dos círculos temidos:
Tão certo é como falo ora contigo".

Ouvindo mais de cento dos punidos,
De espanto a me encarar se demoraram,
Dos seus próprios tormentos esquecidos.

"A Frei Dulcino[159] diz, pois não findaram
Teus dias e hás de ao Sol tornar em breve,
Se desejos de ver-me o não tomaram,

---

159 Frei Dulcino, cismático, pertencente à seita dos Irmãos Apostólicos. (N. T.)

Que se aperceba; pois, cercando-o, a neve
Dará triunfo à gente de Novara,
A quem vencê-lo assim há de ser leve."

Para partir um pé Mafoma alçara
Ao tempo, em que palavras tais dizia:
Baixou-o e foi-se, apenas rematara.

De guela golpeada outro acorria;
'Té as celhas nariz tendo truncado,
Uma orelha somente possuía.

Como os mais, contemplando-me pasmado,
Aos mais se antecipou e, escancarando
O canal, que de sangue era inundado,

"Ó tu", falou-me, "que não estás penando,
Que outrora hei visto em região latina,
Se eu não erro, aparências aceitando,

Recorda-te de Pier de Medicina[160]
Se tornar-te for dado ao belo plano,
Que de Vercello a Marcabó se inclina.

E aos dois nobres varões dize de Fano,
Misser Angiolello e Misser Guido[161],
Se o futuro antevendo, eu não me engano,

---

160 Pier de Medicina, por dinheiro fomentou a discórdia entre os senhores da Romanha. (N. T.)
161 Pier de Medicina prediz a morte violenta de Messer Guido del Cassero e de Messer Angiolello de Carignano. (N. T.)

Que do baixel, que os haja conduzido,
De Católica ao pé, ao mar lançados
Serão por ordem de um tirano infido.

Por Gregos, por piratas perpetrados,
Entre Chipre e Maiorca ao infame feito
Não viu Netuno crimes igualados.

O traidor, que de um olho tem defeito,
Dessa terra opressor, que um companheiro
Meu tivera em não vê-la mor proveito,

Irão a seu convite prazenteiro
Para acordo; mas votos de Foscara
Não fará por temer vento ponteiro".

"Revela-me", tornei-lhe, "e me declara,
Desse favor, que deprecaste, em troca,
Quem de ver essa terra se pesara".

As mãos de um pecador alçando à boca,
Escancarou-a e disse-me gritando:
"É este; a voz, porém, se lhe sufoca.

Exulado, ele foi quem, dissipando
Hesitações de César, lhe afirmava
Que a ocasião perdia demorando".

Oh! quão pávido Cúrio se mostrava,
Tendo cortada a língua na garganta,
Que outrora tanta audácia aconselhava!

Dos decepados braços alevanta
Outro os cotos ao ar caliginoso:
Banha-lhe o sangue a face, que me espanta.

Gritou: "Memora Mosca desditoso[162]!
Fui quem disse, 'O seu fim tem cousa feita!'
Fatal dito, à Toscana, ai! bem danoso!"

"E à tua raça, que à morte foi sujeita!",
Atalhei. Sobre a dor, dor se acendendo
Em desesperança se partiu desfeita.

Aquela multidão estava atendendo,
Cousa assombrosa eis vejo, que inda hesito
Em narrar, provas outras eu não tendo.

Da consciência já me alenta o grito,
Sócia fiel, que o homem torna forte,
Sob o arnês da verdade, sempre invicto.

Eu via, e cuido ver na mesma sorte
Apropinquar-se um corpo sem cabeça,
Por entre os outros da infeliz corte,

Caminha, alçando-a pela coma espessa,
Da mão pendente a modo de lanterna:
Gemendo, os olhos seus nos endereça.

Servia ele a si próprio de luzerna,
Eram duas em um, era um em duas:
Como ser pode, sabe o que governa.

Chegado ao pé da ponte, das mãos suas
Um ao alto a cabeça levantava
Para lhe ouvirmos as palavras cruas.

---

[162] Mosca dei Lamberti, induziu à matança de Buondelmonte dei Buondelmonti, dando início à luta em Florença entre guelfos e gibelinos. (N. T.)

"Vê meu duro castigo!", assim falava,
"Tu, que os mortos visitas, sendo em vida:
Outro já viste igual ao que me agrava?

Eu sou – faz minha história conhecida,
Voltando à luz – Bertran de Born[163], que há dado
Ao jovem Rei consulta, em mal tecida.

Pai e filho inimigos hei tornado:
As iras de Absalão[164] mais não movera.
Contra Davi Aquitofel malvado.

Laços tais como eu, pérfido, rompera,
Meu cérebro assim levo desunido
Desse princípio, que no corpo impera:

Por lei sou, pois, de talião punido".

---

163 Poeta e guerreiro francês, infiltrou a discórdia entre o rei Henrique II da Inglaterra e seu filho. (N. T.)
164 As iras de Absalão, Arquitofel induziu Absalão a rebelar-se contra o seu pai, o rei Davi. (N. T.)

CANTO XXIX

    Chegando ao décimo compartimento, os Poetas ouvem os lamentações dos falsários, que aí são punidos com úlceras fétidas e enfermidades nauseantes. Em primeiro lugar estão os alquimistas, entre os quais Griffolino e Capocchio.

Meus olhos tanto inebriado haviam
A turba enorme e o seu cruel tormento,
Que alívio em pranto procurar queriam.

"Por que assim", diz Virgílio, "estás atento?
Por que a vista dos tristes mutilados
Prende-te ainda o duro sofrimento?

Tal não fizeste em antros já passados.
Estão, se os resenhar é tenção tua,
Por milhas vinte e duas derramados.

Já sob os nossos pés evolve a lua;
É-nos escasso o tempo concedido:
O que ainda hás de ver detença exclua".

Dante Alighieri

"Talvez se houveras", torno, "conseguido
Ver o motivo, por que eu tanto olhava,
Mais demora tivesses permitido".

Já se partia; e eu logo caminhava,
Enquanto assim falava-lhe em resposta,
Acrescentando: "Lá, naquela cava,

Onde a vista cuidosa estava posta,
Da estirpe minha um espírito carpia
Por culpa, a que mor pena está disposta".

"Não te confranjas mais" responde o Guia,
"Nos males, que padece, cogitando.
De al cuida; estar nesse antro merecia.

Ao pé da ponte o vi, que, te indicando,
O dedo alçava em cominante gesto:
Geri del Bello[165] estavam-no chamando.

Eras absorto no semblante mesto
Daquele que senhor foi de Altaforte:
Quando atentaste, se ausentara presto".

"Ó Mestre", eu disse, "a violenta morte
Que ainda não punia justa vingança
De quem naquela afronta era consorte,

Deu causa a usar, ao ver-me, essa esquivança
Talvez e ao seu silêncio: assim pensando
Maior piedade do seu mal me alcança".

---

[165] Primo do pai de Dante, morto a traição por um da família Sachetti. (N. T.)

Ao rochedo chegamos praticando,
Donde outro vai divisa-se: o seu fundo
Todo se vira, a luz não lhe faltando.

Subidos do final claustro profundo
De Malebolge à ponte, onde os conversos
Já distinguia do recinto imundo.

Lamentos e ais feriram-me diversos;
De mágoa tanta o peito assetearam,
Que os ouvidos tapei aos sons adversos.

Tão penetrante dor denunciaram,
Como se da Maremma e da Sardenha
Enfermos no verão se incorporaram.

De outros à turba, que remédio venha
Nos hospitais buscar de Valdichiana.
Odor surdia, igual ao que já tenha

Corrupto corpo, e se gangrena o dana.
Baixando à sestra até a riva extrema
Mais claramente da caverna insana

Então vimos o fundo, onde a Suprema
Infalível Justiça, a raça ímpia
Dos falsários em pena infinda prema.

De Egina[166] quando o povo adoecia,
E o ar maligno aos animais a morte
Trazendo, os próprios vermes extinguia,

---

166 Segundo Ovídio, Egina, despovoada por pestilência, foi repovoada pelas formigas, que se transformaram em homens. (N. T.)

Dante Alighieri

Deserta sendo a terra de tal sorte
Que às formigas (poetas o afirmavam)
Deveu a antiga gente o alento forte:

Cenas tais mais tristeza não causavam
Do que almas ver, que essa prisão sombria
Em rumas várias lânguidas juncavam.

Qual sobre a espalda de outro se estendia,
Qual sobre o ventre seu, qual se arrastando
Na dolorosa estrada se estorcia.

Silentes, passo a passo caminhando,
Vemos, ouvimos míseros prostrados,
Em vão para se erguerem se esforçando.

Sentados dois, um no outro recostados,
Quais torteiras que juntas se aquecessem,
Vi do alto aos pés de pústulas manchados.

Os criados, que os amos seus apressem,
Ou que estejam velando de mau grado
Almofaça não vi que assim movessem,

Como cada um se agita acelerado,
Com implacáveis unhas se mordendo,
De raivoso prurido atormentado.

Iam da pele as crostas abatendo,
Como a faca do sargo arranca a escama
Ou de peixe, na casca mais horrendo.

"Ó tu", contra um dos dois Virgílio exclama,
"Que os dedos teus convertes em tenazes
Por desmalhar do corpo a extrema trama,

Diz-me se entre estas almas contumazes
Existe algum Latino; eternamente
Sejam-te as unhas de servir capazes!"

"Latinos somos", torna diligente
Um dos dois padecentes lacrimoso,
"Mas tu quem és? Em declarar consente.

"Eu sou "quem", diz Virgílio ao desditoso,
"De círc'lo em círc'lo este homem vivo guia
Por lhe mostrar o abismo pavoroso".

Já cessa o mútuo arrimo, que os unia:
A mim volveu-se cada qual tremendo;
Turba imitou-os, que em redor ouvia.

Acercou-se-me o Guia assim dizendo:
"Quanto quiseres tu agora dize".
Eu logo comecei lhe obedecendo:

"Nunca a memória vossa finalize!
Na primeira mansão da humana raça!
Mas por sóis numerosos se abalize!

Quem sois? E donde? De o dizer a graça
Fazei: a vossa pena, imunda é certo,
De responder-nos pejo vos não faça".

Dante Alighieri

"De Arezzo fui", disse um, "de Siena, Alberto[167]
Morte me deu nas chamas, truculento,
Por feito a que não fora o inferno aberto.

Dissera, em gracejar só pondo o intento,
'Alçar-me aos ares posso velozmente'.
Essa arte, por ter curto o entendimento,

Houve ele de saber desejo ardente.
Como o não fiz um Dédalo, à fogueira
Mandou-me quem seu pai foi certamente.

Mas das cavas caí na derradeira
Por sentença de Minos rigorosa:
Foi meu crime a alquimia traiçoeira".

E ao Vate eu disse: "Nunca tão vaidosa
Gente pôde alguém ver como a de Siena?
Nem a de França há sido tão sestrosa!"

O segundo leproso então me acena
Dizendo: "Salvo Stricca, homem poupado,
Que todo o excesso em desprender condena!

Salvo Nicolo, aquele que inventado
Do cravo tinha a rica especiaria,
O seu uso deixando enraizado!

---

[167] Griffolino de Arezzo, alquimista, que foi mandado queimar por Alberto de Siena.

Salvo Caccia de Ascian[168] e a companhia,
Com quem vinhas e bosques esbanjava
E o Abbagliato as chanças esgrimia!

Para que saibas quem desta arte agrava
Contra os de Siena o teu severo asserto,
No meu triste semblante os olhos crava.

De que ora vês Capocchio[169] já estás certo,
Que alquimista, os metais falsificara,
Sabes como eu, se em recordar acerto,

Natura, hábil bugio, arremedara".

---

168 Por ironia – Strica, Nicolo, Salimbene, Caccio de Asciano e Bartolomeu dei Folcacchieri, alcunhado o Abbagliato, foram todos de Siena e conhecidos como dissipadores de dinheiro. (N. T.)
169 Capocchio de Siena, alquimista que foi queimado vivo. (N. T.)

CANTO XXX

No décimo compartimento são punidas outras espécies de falsários. Os falsificadores de moedas, tornados hidrópicos, são constantemente atormentados por furiosa sede; entre eles está mestre Adão de Brescia, o qual narra que, à instigação dos condes Guidi, falsificou o florim de Florença. Os que falaram falsamente são perseguidos por febre ardentíssima. O canto termina com uma altercação entre mestre Adão e o grego Sinon. Virgílio repreende Dante, pois este para, escutando as injúrias que os dois trocam entre si.

Quando Juno[170], de Semele ciosa,
Contra o sangue tebano se inflamava,
Como o provou por vezes impiedosa,

Tanta insânia Atamante perturbava,
Que a esposa ao ver, ao colo seu trazendo
Os filhos dois, que a ele encaminhava,

Gritou: "Redes tendamos! Já estou vendo
Leoa e leõezinhos da emboscada!"
Disse e, raivoso, os braços estendendo

---

170 Juno, por ciúme de Semele, tebana, mãe de Baco, vingou-se de toda a sua estirpe, tornando louco a Atamante, rei de Tebas, o qual matou um dos filhos, e no entanto a mulher com outro filho se lançou ao mar. (N. T.)

De um, Learco, travava e de pancada
Rodou-o e o percutiu em penedia.
Ao mar lançou-se a mãe com outro abraçada

Quando a fortuna a cinzas reduzia
A pujança de Troia, em tudo altiva,
E com seu reino o morto rei jazia,

Hécuba[171] triste, mísera, cativa,
Depois de morta Polixena vira,
Do Polidoro seu em plaga esquiva,

Súbito quando o corpo descobrira
Uivou qual cão, de angústia possuída.
Tanto a pungente dor n'alma a ferira!

Mas em Tebas ou Troia destruída
Homens ou feras nunca revelaram
Raiva, em tantos extremos desmedida,

Como almas duas lívidas, que entraram
Nuas correndo, os dentes amostrando,
Quais cerdos, que à pocilga se esquivaram.

Uma alcançou Capocchio e, lhe cravando
No colo as presas, rábida, arrastava
Sobre o ventre na rocha o miserando.

---

171 Hécuba, viúva de Príamo, ao ver mortos todos os seus filhos, pela dor foi transformada em cadela. (N. T.)

Dante Alighieri

Mas o de Arezzo, que tremendo estava,
"É Gianni Schicchi[172]", disse, "esse raivoso:
De outros a pena o seu furor agrava!"

"Possas livrar-te do outro espírito iroso!",
Falei. "Se não te causa assim fadiga,
Diz quem seja, antes de ir-se o furioso."

"Aquele é", respondeu, "uma alma antiga;
É Mirra[173] infame, que paixão impia
Instigou ser do pai a sua amiga.

Para o seu crime consumar fingia
De outra pessoa as formas e o semblante.
Igual ardil usara Schicchi um dia:

Para em prêmio alcançar égua farfante:
Contrafez Buoso morto e ao testamento
Falso a norma legal deu, que é prestante".

Aos dois raivosos estivera atento
Até que de ante os olhos se apartaram;
De outros volvi-me ao cru padecimento.

Num do alaúde as formas se notaram
Se as pernas lhe tivessem cerceado
Na parte, em que do tronco se separam.

---

172 Gianni Schicchi, florentino, de acordo com o filho do morto, fingiu-se de Buoso Donati moribundo, ditando o testamento.
173 Mirra, filha de Cinira, rei de Chipre, apaixonou-se pelo pai. (N. T.)

Da grave hidropisia molestado,
Que tanto o humor vicia e tanto ofende,
Que o rosto estreita e faz o ventre inchado,

A boca ter cerrada em vão pretende,
Qual hético de sede ressequido.
A quem um lábio se alça e o outro pende.

"Ó vós, que ao negro abismo haveis descido
(Não sei por que razão) de pena isentos,
Olhai", disse, "prestando atento ouvido,

De mestre Adam[174] miséria e sofrimentos
Tive abastança; agora, ai! desejando
De água uma gota, passo mil tormentos,

Dos ribeiros, que ao Arno, murmurando
Do Casentino lá na verde encosta
Se vão, por moles álveos inclinando,

Na mente a imagem sempre tenho posta.
Não em vão: mais me seca e me fustiga
Que o mal, de que esta face é descomposta.

Quer Justiça, que austera me castiga,
Que o teatro, onde hei crimes cometido,
Mais me acendendo anelos, me persiga.

Lá demora Romena, onde hei fingido
Em falso cunho a imagem do Batista;
Assim meu corpo o fogo há consumido.

---

174 Adam, de Brescia, falsificador de moedas. (N. T.)

Dante Alighieri

Se a sombra achasse aqui, se aqui já exista,
De Guido[175] ou de Alexandre ou seu germano!
Fonte-Branda esquecera ante essa vista.

Mas um já veio, se induzir-me a engano
Os raivosos, que giram, não quiseram.
Que importa? Para andar em vão me afano.

Se os meus pés transportar-me inda puderam,
De um século ao cabo, espaço de uma linha,
Já postos a caminho se moveram,

A fim de o ver na multidão mesquinha
Do val, que milhas onze em torno amplia,
Com largura, que de uma se avizinha.

'Star lhes devo em tão triste companhia:
Florins cunhei, aos três obedecendo,
Nos quais quilates três de liga havia".

"Quem são", lhe disse, "os dois que ora estou vendo?
Quais no inverno mãos úmidas fumegam,
À destra tua próximos jazendo?".

"Já estavam quando vim: eles se entregam,
Dês que desci, a quietação completa;
E creio, assim a eternidade empregam.

---

175 Guido dos condes Guidi induziu mestre Adam a falsificar o dinheiro de Florença. (N. T.)

Uma acusou José, falsária abjeta[176],
Outro é Sinon[177], de Troia o Grego tredo:
Lançam por febre essa fumaça infecta."

Anojado um do par, que estava quedo,
Por ver em vozes tais afronta e ofensa,
À pança o punho lhe vibrou sem medo:

Soou, qual de zabumba a pele tensa.
O braço Mestre Adam lhe envia à face
E assim lhe dá condina recompensa.

"Inda que", disse, "os membros meus enlace
Moléstia, que me tolhe o movimento,
Presteza a destra tem, com que rechace".

"Foste", o outro tornava, "mais que lento
Quando forçado ao fogo caminhavas.
Só presto eras no ofício fraudulento".

"É certo; mas verdade não falavas",
O hidrópico diz, "quando exigiram
Em Troia essa verdade, que ocultavas".

"Se os lábios meus perjúrio proferiram,
Tu falsaste moeda: eu fiz um crime,
Aos teus nunca em demônio iguais se viram."

---

176 Falsária abjecta, mulher de Putifar, que acusou injustamente a José. (N. T.)
177 Sinon de Troia, que, com as suas mentiras, induziu os troianos a introduzirem na cidade o cavalo de madeira (N. T.)

"Do cavalo a façanha inda te oprime",
Responde o que a barriga tinha inchada,
"Sobre o teu nome infâmia o mundo imprime".

"Arda em sede tua língua já gretada!",
Grita o Grego. "Hajas de água saniosa
O ventre impando, a vista embaraçada!"

"Escancaras a boca venenosa",
O moedeiro diz, "por mal somente;
Se sede eu tenho e a pança volumosa".

"Ardes tu e a cabeça tens fervente.
Por lamberes o espelho de Narciso
A um aceno correras de repente."

Atento estava aos dois mais do preciso,
Eis Virgílio me fala: "Oh! toma tento!
Quase que eu contra ti me encolerizo!"

Iroso assim falar neste momento
O Mestre ouvindo, voltei-me corrido:
Ainda sinto rubor em pensamento.

Como quem sonha danos ter sofrido,
Que em sonho espera que sonhando esteja
E anela que o que é já não tenha sido,

A mente, sem dizer, falar deseja.
Desculpas aspirando à falta sua;
Está desculpada e cuida que o não seja.

"Menos rubor lavara a culpa tua",
Disse o Mestre, "se houvera mor graveza:
Fique-te a mente da tristeza nua.

E, quando queira o acaso que à torpeza
De iguais debates se ofereça ensejo,
De que eu esteja ao teu lado faz certeza,

Que é ter querendo ouvi-los, vil desejo".

CANTO XXXI

    Dando as costas ao oitavo círculo, caminham os Poetas para o centro, onde se abre o poço pelo qual se desce ao nono. Em torno do poço estão os gigantes rebeldes, cujas figuras horrendas Dante descreve. Um deles, Anteu, a pedido de Virgílio, toma nos braços os dois poetas e suavemente os depõe sobre a orla do último reduto infernal.

A língua, que me havia vulnerado
E a vergonha nas faces me acendera,
O bálsamo aplicava ao mal causado:

Assim de Aquiles e seu pai[178] fizera,
Dizem, outrora a lança portentosa:
Sarava o corpo, que cruel rompera.

Damos costas à estância desditosa,
Sem proferir palavra atravessando
Sobre a borda, que em torno jaz fragosa.

Noite não sendo e dia não reinando,
Pouco distante eu divisar podia,
Eis som de trompa escuto, retumbando

---
178 A lança de Peleu e do seu filho Aquiles curava as feridas que produzia. (N. T.)

Tão alto, que o trovão transcenderia,
Donde irrompera contra a parte andava
E sôfrego a um só ponto olhos prendia.

A de Orlando[179] tão forte não soava
Na derrota fatal, que a santa empresa
De Carlos Magno o desbarato dava.

Já assim por diante: eis a grandeza
De muitas e altas torres me aparece.
"Qual é", digo, "essa vasta fortaleza?"

"Pois de tão longe e em trevas te apetece
Julgar", Virgílio diz, "um erro agora
Imaginando estejas acontece.

Verás ali chegado, sem demora,
Quanto a distância a vista nos engana:
O passo acelerar convém por ora".

Da mão travou-me e em voz suave e lhana
O Mestre prosseguiu: "Antes que avante
Passes, dessa ilusão te desengana.

O que torre imaginas é gigante.
Da cinta aos pés imergem-se no poço,
E alçam bustos em torno ao espaço hiante".

Quando o Sol gasta o nevoeiro grosso,
Pouco a pouco se mostra e é discernido
Quanto oculta o vapor ao olhar nosso:

---

[179] A trompa de Orlando, ferido em Roncisvalle, foi ouvida a oito milhas de distância por Carlos Magno. (N. T.)

Dante Alighieri

Vendo assim por esse ar escurecido,
Da borda mais e mais me apropinquando,
Fugia o erro, o horror tinha crescido.

Como torres em roda se elevando,
Montereggion[180] guarnecem de coroa:
Assim do poço a margem circundando,

Torreiam com metade da pessoa
Os horríveis gigantes, que ameaça
Do céu ainda Jove, quando troa.

Distingo a cara de um (e me transpassa
O medo), logo os braços, peitos e parte
Do ventre, que da borda a altura passa.

Bem fez a natureza, quando essa arte
De tais monstros criar há descurado,
De iguais agentes desarmando Marte.

Se ainda a selva e mar têm povoado
Do elefante e baleia, sutilmente
Quem pensa justa e sábia a tem julgado.

Mal seria aos humanos permanente,
Se perspicaz engenho encaminhasse
Maligno instinto em robustez ingente.

Larga e comprida, pareceu-me a face,
Qual de S. Pedro, em Roma, a brônzea pinha:
A proporção nas outras partes dá-se.

---

180 Montereggion, castelo do val d'Elsa. (N. T.)

O corpo, que da borda acima vinha,
Tanto ao ar elevava a grã figura,
Que três Frisões[181], por lhe atingir a linha

Da cerviz, não fariam tanta altura,
Porquanto eu esmava em trinta grande palmos
Do colo ao pescoço a válida estatura.

"*Raphél maì amèche zabì almi*",[182]
A pavorosa boca assim bradava;
Não podia entoar mais doces salmos.

Disse-lhe o Mestre: "Ó alma bruta e brava!
Tange a trompa, se queres lenitivo
À paixão, que te acende ardente lava.

A roda busca do pescoço altivo
O loro, a que se prende alma confusa!
Vê que te cruza o vasto peito esquivo".

Depois a mim: "De quanto fez se acusa,
É Nemrod[183]; por tomar estulta empresa
O mundo uma linguagem só não usa.

Deixêmo-lo: falar-lhe é vã despesa.
Como idioma de outros não compreende,
A quem o escuta o seu move estranheza".

---

181 Frisões, habitantes da Frísia, de elevada estatura. (N. T.)
182 Palavras cujo significado é ignorado [NE: No original: "Raphél maì amèche zabì almi"]. (N. T.)
183 Nemrod edificou a torre de Babel, da qual adveio a confusão das línguas. (N. T.)

Vamos então caminho, que se estende
À sestra. Outro, de besta quase a tiro,
Está mais fero, o ar mais alto fende.

Que mão cativa o monstro, que admiro
Dizer não sei: o seu direito braço
Ao dorso preso vi, e ao peito diro

O outro, de grilhão no estreito laço,
Que com círculos cinco lhe cercava
Do enorme corpo o descoberto espaço.

"Esse réprobo", diz Virgílio, "ousava
Medir forças com Jove soberano:
Eis o fruto do orgulho, que o danava!

Era Efialto[184]: executou seu plano,
Quando aos Deuses gigantes aterraram.
Jamais os braços mover pode o insano".

"Os meus olhos, ó Mestre, assaz folgaram,
De Briaréu[185] se vissem desmarcado
As formas" vozes minhas lhe tornaram.

"Anteu[186] verás", me diz, "muito afamado:
está solto, fala e nos demora perto,
Há de ao fundo levar-nos de bom grado.

Remoto esse outro fica, e tem por certo
Que em grilhões e estatura àquele iguala:
Mais fero em vulto, em mal é mais esperto".

---

184 Um dos gigantes que moveram guerra aos deuses. (N. T.)
185 Gigante com cem mãos. (N. T.)
186 Gigante que lutou com Hércules. (N. T.)

Jamais um terremoto a torre abala
Em convulsões tão rápido, tão forte,
Como Efialto a mover-se. Eu já sem fala,

Assombrado, cuidei ter perto a morte;
E de pavor sem dúvida expirara,
Se ele preso não fosse, e de tal sorte.

Presto ao lugar seguimos, onde para
Anteu: fora a cabeça, em cinco braças
À borda sobreleva, o que separa.

"Tu, que no val feliz, onde as graças
E as palmas de Cipião colheu da glória,
Quando Aníbal vexavam só desgraças,

Mil leões apresaste por memória;
Que, aos irmãos se ajudaras na alta guerra,
Se crê triunfo registrasse a história

Dos fortes filhos da fecunda Terra!
Ao fundo transportar-nos sê servido,
Onde ao Cocito o frio as águas cerra:

Te hemos a Tifo e a Tício[187] preferido.
Dar pode este varão o que mais se ama:
Curvando-te compraz ao seu pedido.

No mundo pode restaurar-te a fama,
Pois vive e ainda longa vida espera,
Salvo se a Graça antes do tempo o chama."

---

187 Tifo e Tício são outros gigantes. (N. T.)

Dante Alighieri

Falara o Mestre. Anteu não considera:
Toma-o logo nas mãos, que lesto oferece
E a que sentira Alcide a força fera.

Quando entre os dedos seus Virgílio vê-se,
Diz-me: "Faze-te prestes, que eu te abrace!"
Ao Mestre o meu querer pronto obedece.

Quem Carisenda[188], em seu pendor olhasse,
Cuidara, ao passar nuvem, que iminente
Ruína ao lado oposto ameaçasse:

Tal Anteu parecia de repente
Do corpo ao menear; quando o inclinava,
Estrada eu preferia diferente.

Mas de leve no fundo nos pousava,
De Judas e de Lúcifer assento.
A postura deixando, que o dobrava,

Qual mastro empertigou-se num momento.

---
188 Carisenda é uma torre pendente de Bolonha. (N. T.)

CANTO XXXII

Os dois Poetas se encontram no círculo, em cujo pavimento de duríssimo gelo estão presos os traidores. O círculo é dividido em quatro partes; na Caina, de Caim, que matou o irmão, estão os traidores do próprio sangue; na Antenora, de Antenor, troiano que ajudou os Gregos a conquistar Troia, os traidores da pátria e do próprio partido; na Ptolomeia, de Ptolomeu, que traiu Pompeu, os traidores dos amigos; na Judeca, de Judas, traidor de Jesus, os traidores dos benfeitores e dos seus senhores. Dante fala com vários danados, enquanto atravessam o gelo procedendo para o centro.

Se usasse rimas ásperas, rouquenhas,
Próprias do poço lôbrego e tristonho,
Que do inferno sustém as outras penhas,

Melhor ideia do lugar medonho
Dera; mas tal vantagem me falece.
O meu conceito, pois, tímido exponho.

É árdua empresa, em que o ânimo esmorece
O centro descrever do mundo inteiro:
Para empenho infantil ser não parece.

Dante Alighieri

Das Musas se ajudar poder fagueiro,
Como a Anfião[189] em Tebas o mostraram,
Fiel serei dizendo e verdadeiro.

Ó malfadada turba, a quem tocaram
Deste abismo os castigos, bruto gado
Sendo, fados melhores te aguardaram.

Descidos nós ao poço negregado
Das plantas muito abaixo do gigante,
O alto muro mirava-lhe espantado,

Quando ouvi: "Tem cuidado, ó caminhante!
Não calques de irmãos teus desventurados
As frontes". Eu, voltando-me, adiante

E sob os pés, de um lago vi gelados
Os planos tanto, que os dizer podia,
Não de água, de cristal, porém, formados.

Do Danúbio a corrente não seria
Tanto em Áustria no inverno enrijecida,
Nem do Tanais[190], na zona sempre fria.

Do lago sobre a face empedernida
Caísse ou Tambernich ou Pietrana:
Não fora ao peso enorme combalida.

Qual rã, que no paul coaxando, ufana
Um pouco emerge, enquanto a camponesa
Sonhando está que a respigar se afana:

---
189 Anfião foi auxiliado pelas Musas na edificação dos muros de Tebas. (N. T.)
190 Tanais é o rio Don, na Rússia. (N. T.)

Tais gemiam as sombra na frieza
'Té a cintura lívidas, batendo,
Como a cegonha, os queixos com presteza.

Para o seio a cabeça lhes pendendo,
Do frio a boca indícios claros dava,
Nos olhos a tristeza está-se vendo.

Quando atentei no quanto em roda estava,
Duas vi aos meus pés, em tal abraço,
Que, travado, o cabelo se enleava.

"Quem sois que os peitos nesse estreito laço
Apertais?", perguntei. Então, voltando
Os colos para trás, um curto espaço

Me encararam; porém dos olhos quando
Lhes brotavam as lágrimas, a neve
Cerrou-os entre os cílios as coalhando.

Nunca dois lenhos tanto unidos teve
Cavilha: eles, de irados, se investiram,
Quais capros, que a marrar o furor leve.

Terceiro, a quem, geladas lhe caíram
As orelhas, com rosto baixo fala:
"Por que teus olhos sôfregos nos miram?

O par[191] desejas conhecer, que cala?
Próprio lhes fora e ao genitor Alberto
O vale, onde o Bisênzio faz escala.

---
191 O par, filhos de Alberto degli Alberti, os quais brigaram e se mataram reciprocamente. (N. T.)

De um só ventre nasceram; tu, por certo,
Não acharás mais dignos em Caína,
De ter de gelo o vulto seu coberto,

Nem esse[192], a quem de Artur destra assassina
De um bote o peito e a sombra transpassara;
Nem Focácia[193] e o que a fronte agora inclina,

A vista me tolhendo, e se chamara
Mascheroni Sassuol[194], bem conhecido:
Se és Toscano, esse nome te bastara.

Fique, por vozes escusar, sabido
Que Pazzi[195] eu sou e que, em Carlin chegando,
Serei por menos criminoso havido".

Mil outros via roxos tiritando:
Desde então de arrepios sou tomado
Ante gélidos vaus, este lembrando,

E o centro demandando, em que firmado
Do universo gravita todo o peso,
Trêmulo havia a treva eterna entrado,

Eis, sem querer, da sorte ou por desprezo,
Entre tantas cabeças caminhando,
A face de um calquei no gelo preso.

---

192 Mordrec, filho do rei Artur, morto pelo pai. (N. T.)
193 Focácia dei Cancellieri matou alguns parentes do partido inimigo. (N. T.)
194 Mascheroni Sassuol, florentino, assassinou traiçoeiramente um seu primo. (N. T.)
195 Camiscion dei Pazzi matou o seu primo Ubertino. Carlino dei Pizzi traiu os seus companheiros, entregando várias fortalezas aos florentinos Negros. (N. T.)

"Por que me pisas?", reclamou chorando,
"De Monte Aperti ao feito por vingança
Inda me estás desta arte molestando?"

"Mestre, espera-me aqui", disse. "Me lança
Em dúvida este mau: solvê-la quero.
Eu depois correrei, se houver tardança".

Parou; e ao pecador falei, que fero,
Duras blasfêmias proferia agora:
"Quem és tu, que me increpas tão severo?"

"E tu mesmo quem és, que na Antenora[196]",
Tornou, "dessa arte as faces me espezinhas?
Um vivo, certo, menos cru me fora".

"Sou vivo e posso entre as memórias minhas
Do nome teu apregoar a fama",
Respondi, "se te aprazem louvaminhas".

"Só quer o olvido quem te fala", exclama.
"Vai-te! De sobra já me estás molesto.
Aqui não cabe da lisonja a trama."

Travei da nuca ao pecador infesto
E disse: "Ou perderás todo o cabelo,
Ou quem tu foste me declara presto!"

"Mil vezes podes arrancar-me o pelo,
De ver-me a face não terás o gosto
E de saber qual foi meu nome e apelo."

---

196 Antenora, onde são punidos os traidores da pátria, de Antenor, troiano, que favoreceu os gregos que sitiavam Troia. (N. T.)

As mãos lhe havia no cabelo posto;
Da guedelha uma parte arrepelara:
Ganindo ele abaixava sempre o rosto,

Quando outro brada: "Ó, Boca[197], isso não para?
Pois os queixos bater não te é bastante?
Já lates! Que demônio em ti dispara?"

"Não mais, ímpio traidor", no mesmo instante
Respondo, "exijo; o que de ti estou vendo
Contarei por te ser mais infamante".

"Vai! Se saíres deste abismo horrendo,
Quanto queiras refere, do apressado,
Que de língua assim foi, não te esquecendo.

Ouro chora, que a França lhe há doado.
Eu vi – podes dizer – Boso Duera[198]
De outros muitos no gelo acompanhado.

Se perguntarem quem aqui mais era,
Olha e terás ao lado Beccaria[199],
A quem Florença degolar fizera.

Gian del Soldanier[200], há pouco eu via
Além com Ganellon e Tribaldello[201].
Que abriu Faenza, enquanto se dormia".

---

197 Bocca degli Abati, na batalha de Montaperti (1260), causou a derrota dos florentinos, passando ao inimigo. (N. T.)
198 Boso Duera traiu o rei Manfredo, por ter recebido dinheiro de Carlos d'Anjou. (N. T.)
199 Beccaria de Pavia, legado pontifício na Toscana, foi decapitado pelos florentinos, na suposição de ter favorecido os gibelinos. (N. T.)
200 Gian del Soldanier, gibelino, que em 1266 chefiou uma rebelião em Florença. (N. T.)
201 Ganellon Gano de Mogunça, traidor de Carlos Magno. Tribaldello, faentino, traiu a sua cidade natal Faenza. (N. T.)

Deixâmo-lo; mas súbito de gelo
Postos em furna vi dois condenados:
Cabeça de uma a de outra era cabelo.

Como a pão se agarrando os esfaimados,
Por cima um no outro os dentes aferrava
Onde a cerviz e o crânio estão ligados.

Qual Tideu, que a dentadas lacerava
De Menalipo a fronte enraivecido,
Ele o cérebro e os ossos mastigava.

"Tu, que, de ódio tão sevo possuído,
Te encarniças feroce no inimigo,
Dize", exclamo, "por que foi produzido.

Se eu souber que a justiça está contigo
E houver da culpa e réu conhecimento,
No mundo a compensar-te ora me obrigo,

Se não perder a língua o movimento".

CANTO XXXIII

O conde Ugolino della Gherardesca conta a Dante a sua trágica morte na torre dos Gualandi. Na Ptolomeia o Poeta encontra o frade Alberico de Manfredi, o qual lhe explica que a alma dos traidores cai no Inferno logo depois de consumada a traição e que um diabo toma conta do corpo até chegar o tempo do seu fim no mundo.

Do fero cevo os lábios desprendendo,
Na coma o pecador os enxugava
Desse crânio, a que estava atrás roendo.

"Queres de infanda mágoa", começava,
"Renove a dor, que, só pensando a mente,
Antes que falte, o coração me agrava.

Mas se a voz minha deve ser semente,
Que ao traidor, que eu devoro, a infâmia brote.
Falar, chorar, verás conjuntamente.

Não sei quem sejas, não sei como note
Tua presença aqui, por Florentino
Te ouvindo a língua, é força que te adote.

Saber deves que fui Conde Ugolino[202],
Que Arcebispo Rogério aquele há sido:
Direi qual nos juntou cruel destino.

Contar não hei mister como iludido
Por minha confiança, em cárcer posto.
Fui morto por maldade deste infido.

Não conheces, porém, que atroz desgosto
O meu fim precedera: atenção presta,
Quanto ofendido fui verás exposto.

Por vezes da prisão por breve fresta,
Torre da fome – após o meu tormento,
Que há de a outros ainda ser funesta

Brilhava a lua em pleno crescimento,
Quando o véu do futuro horrível sonho
Rasgou, do exício meu pressentimento.

Este, como senhor, então suponho
Ao monte[203], que ver Lucca a Pisa obstava
Lobo e pequenos seus correr medonho.

Magros cães, destros, feros açulava
Dos Gualandis, Sismondis e Lanfrancos[204]
A companha, que à frente cavalgava.

---

202 Conde Ugolino, della Gherardesca, de Pisa, foi acusado pelo arcebispo de Pisa, Ruggiero degli Ubaldini, de ter traído a sua cidade natal. Preso com dois filhos e dois netos numa torre, onde todos morreram de fome. (N. T.)
203 Monte San Giuliano, entre Pisa e Luca. (N. T.)
204 Famílias pisanas. (N. T.)

Dante Alighieri

Em breve o pai e os filhos, lassos, mancos,
Já dos famintos galgos mal feridos,
Dar pareciam últimos arrancos.

Desperto ao primo alvor; dos meus queridos
Filhos que eram comigo, choro soa:
Pedem pão, 'stando ainda adormecidos.

És cruel, se a tua alma não magoa
O prenúncio da dor, que me aguardava:
Se não choras, que pena há que te doa?

Despertaram; e a hora já chegava
Em que alimento escasso nos traziam:
O sonho a cada qual nos aterrava.

Da horrível torre à porta então se ouviam
Martelos cravejar: eu mudo e quedo
Nos filhos encarei, que esmoreciam.

Não chorava; era o peito qual penedo.
Choravam eles, e Anselmuccio disse:
'Assim nos olhas, pai? Do que hás tu medo?'

Nem lágrimas, nem voz dei, que se ouvisse,
No dia e noite, que seguiu-se lenta,
Até que ao mundo novo Sol surgisse.

Quando a luz inda escassa se apresenta
No doloroso cárcer, meu semblante
Nos quatro rostos seus se representa.

Mordi-me as mãos de angústia delirante.
Eles, cuidando ser a fome o efeito,
De súbito e com gesto suplicante,

Disseram: 'Menos mal nos será feito
Nutrindo-te de nós, pai; nos vestiste
Desta carne: ora sirva em teu proveito'.

Contendo-me, evitei lance mais triste.
Em silêncio dois dias se passaram...
Ah! por que, terra esquiva, não te abriste?

Do quarto dia os lumes clarearam.
Gaddo caiu-me aos pés desfalecido.
'Pai, me acode!' os seus lábios murmuraram.

Morreu; e, qual me vês, eu vi, perdido
O sizo, os três, ao quinto e ao sexto dia,
Um por um se extinguir exinanido.

Apalpando os busquei, cego os não via
Dois dias, os seus nomes repetindo:
Da fome mais que a dor, pôde a agonia."

Calou-se e os torvos olhos retorquindo,
Como de antes cravou no crânio os dentes
E os ossos, qual mastim, foi destruindo.

Ah! Pisa, opróbrio aos povos residentes
Na bela terra, onde o si ressona!
Pois te não vêm punir vizinhas gentes.

Dante Alighieri

Presto a Capraia mova-se e a Gorgona
Do Arno à foz, entupindo-lhe a saída
Teu povo assim pereça, que se entona.

E se foi a Ugolino atribuída
De entregar teus castelos à maldade,
Por que à prole em tal cruz tirar a vida?

Tebas moderna! Pela tenra idade
Ugoccione e Brigata insontes eram
E os irmãos, em que usaste a feridade.

Seguindo além, os olhos se of'receram
Outros, que em gelo têm duro tormento:
Destes os rostos para trás penderam.

Lhes causa o pranto ao pranto impedimento;
E a dor, que desafogo em vão procura,
Lhes cresce, recalcada, o sofrimento.

As lágrimas coalhando em neve dura
Formam nos olhos seus vítrea viseira,
E todo o espaço interior se obtura.

Conquanto quase a faculdade inteira
De sentir no meu rosto se embotasse
Dês que era nessa perenal geleira,

Cuidei que um sopro me tocara a face.
"Do que este sopro", inquiro, "se origina?
Se aqui não há vapor, donde ele nasce?"

E o Mestre: "Irás onde a resposta di'na
Os teus olhos darão; e ali chegando
O que virem do sopro a causa ensina".

Dos tristes padecentes um gritando,
Nos disse: "Almas cruéis, almas danadas
(Pois que no extremo abismo estais penando)

Tirai-me aos olhos gélidas camadas,
Por desafogo dar-me ao peito aflito,
Antes de eu ter as lágrimas coalhadas".

"Se o lenitivo queres, que tens dito,
Teu nome diz: se não me desobrigo,
Desça eu do gelo ao pelágio maldito."

Respondeu logo: "Eu sou frei Alberigo[205],
Pelos pomos famoso do mau horto:
Aqui recebo tâmara por figo".

"Oh!", disse, "porventura tu 'stás morto?"
"Não sei como é meu corpo lá no mundo",
Tornou, "e se vivendo tem conforto.

Este condão possui sem ter segundo
Ptolomeia: aqui 'star alma é frequente
Antes que a mande Atropos ao profundo.

---

205 Frei Alberigo, Manfredi, de Faenza, convidou dois parentes seus a comerem na sua casa e, no fim do jantar, ao pedir que trouxessem a fruta, os criados penetraram na sala e mataram os hóspedes. (N. T.)

E por que mais de grado e prontamente
Estas vidradas lágrimas removas,
Sabe que apenas de traição a mente

Inquina-se, como eu, por funções novas
Passa o corpo a demônio, que o governa
'Té completar da vida últimas provas:

Rui a alma, entanto, à lôbrega cisterna,
Talvez na terra folgue o corpo ledo,
Cuja sombra após mim trêmula inverna.

Se és recém-vindo, sabe que esse tredo
É Branca d'Ória[206]: há prolongados anos
Jaz enleado no infernal enredo".

"Este é", tornei, "mais um dos teus enganos:
Desfruta alegre Branca d'Ória a vida
E come e bebe e dorme e veste panos".

"Dos Malebranche em cava denegrida,
Não era", disse ainda, "em pez viscoso
Alma de Miguel Zanche submergida,

E um demônio esse infame criminoso
Deixou no corpo; o mesmo um seu parente,
Que de traição foi sócio proveitoso.

---

206 Branca d'Ória, genovês, convidou o sogro Miguel Zanche a comer em sua casa e matou-o para usurpar o castelo de Logodoro. (N. T.)

Das mãos auxílio presta ora clemente,
Me abrindo os olhos!". Tal não fiz; que errara
Com tal vilão me havendo cortesmente.

Ah! Genoveses! raça impura e avara,
Que nos costumes tem mancha tamanha!
Quem da face da terra vos lançara!

Junto ao pior esp'rito da Romanha
De entre vós um traidor vi tanto imundo,
Que a alma sua em Cocito já se banha,

Enquanto o corpo vida finge ao mundo.

CANTO XXXIV

Na Judeca estão os traidores dos seus senhores e benfeitores. No meio está Lúcifer, que com três bocas dilacera três entre os mais horrendos pecadores: de um lado Judas, do outro Bruto e Cássio, que mataram a Júlio César. Virgílio, ao qual Dante se agarra, desce pelas costas peludas de Lúcifer até o centro da terra. Daí seguindo o murmúrio de um regato, saem e avistam as estrelas no outro hemisfério.

"*Vexilia regis prodeunt inferni*[207]
Contra nós; pra diante os olhos tende",
Disse o Mestre, "se a vista já discerne".

Como quando no ar névoa se estende,
Ou ao nosso hemisfério a noite desce,
Um moinho distante a atenção prende.

Um edifício igual verme parece.
Tanto era o vento, que eu busquei guarida
Atrás do Mestre, que outra não se oferece.

---

[207] "Aparecem os vexilos do rei do Inferno". É o primeiro verso de um hino da Igreja. (N. T.)

À parte era chegado, onde imergida
Cada alma em gelo está (tremo escrevendo),
Bem como aresta no cristal contida.

Erguidas umas estão, outras jazendo
Qual sobre a fronte ou sobre os pés firmada
Qual com seus pés o rosto arco fazendo.

Quando distância tal foi superada,
Que aprouve ao Mestre me tornar patente
A criatura bela ao ser formada,

Se afastando de mim, disse: "Detém-te!
Eis Satanás! Eis o lugar horrendo
Em que deves te armar de esforço ingente!"

Quanto assombrei-me aquele aspecto vendo
Não inquiras, leitor: não te expressara
Com verbo humano o que encarei tremendo.

Não morto, porém vivo não ficara.
Qual me achava te pinte a fantasia,
Se morte ou vida em mim se não depara!

Do aflito reino o imperador eu via:
Do gelo acima o seio levantava.
A um gigante igualar eu poderia,

Se um gigante a um seu braço eu comparava!
Do todo vede a proporção qual fora,
Quando tão vasta a parte se ostentava!

Dante Alighieri

Quem foi tão belo, quanto é feio agora,
Contra o seu criador a fronte alçando
Vera causa é do mal, que o mundo chora.

Qual meu espanto há sido em contemplando
Três faces[208] na estranhíssima figura!
Rubra cor na da frente está mostrando;

Das outras cada qual, da pádua escura
Surdindo, às mais ajunta-se e se ajeita
Sobre o crânio da infanda criatura.

Entre amarela e branca era a direita;
A cor a esquerda tem que enluta a gente
Do Nilo às margens a viver afeita.

Via asas duas sob cada frente,
Tão vastas, quanto em ave tal convinham:
Velas iguais não abre nau potente.

Plumas, como em morcego, elas não tinham;
De contínuo agitadas produziam
Os três gélidos ventos, que mantinham

Os frios, que o Cocito enrijeciam.
Chorava por seis olhos, por três mentos
Pranto e sanguínea espuma se espargiam.

Qual moinho, com dentes truculentos
Cada boca um prexito lacerava:
Padecem três a um tempo assim tormentos.

---

208 Lúcifer tem três faces em contraposição à Trindade divina. (N. T.)

Mas ao da frente a pena se agravava,
Porque das garras o furor constante
Do dorso a pele ao pecador rasgava.

"O que esperneia em dor mais cruciante",
O Mestre disse, "É Juda Iscariote[209]:
Prende a cabeça a boca devorante.

Dos dois, que estão pendendo, coube em dote
A negra face Bruto: sem gemido
Se estorce da dentuça a cada bote.

O outro é Cássio[210], de membros bem fornido.
Mas a partir a noite insta, assomando:
Aqui já tudo havemos conhecido".

Do Mestre o colo enlaço por seu mando.
Ele em lugar e tempo apropriado,
De Lúcifer as asas se alargando,

Ao peito hirsuto havia-se agarrado;
Depois de velo em velo descendia
Entre os ilhais e o lago congelado.

Chegado àquela parte, em que se unia
Da coxa o extremo dos quadris à altura,
Com grande ofego e mor abalo o Guia,

---

209 Juda Iscariote, que traiu Jesus. (N. T.)
210 Bruto e Cássio, que mataram Júlio César. (N. T.)

Dante Alighieri

Pôr a fronte onde os pés firmou procura,
Como quem sobe às crinas agarrado[211]:
Assim tornar cuidei do inferno à agrura.

"Segura-te! Por tais degraus alado",
Lasso Virgílio já disse anelante,
"Deste império do mal serás tirado".

De uma rocha então sai por fresta hiante;
Sobre a borda me assenta cauteloso;
Depois a mim se acerca vigilante.

Olhos alcei julgando curioso
Ver Lúcifer, qual de antes o deixara;
De pernas para o ar vi-o em seu pouso!

De que enleio a minha alma se tomara,
Deixo ao vulgo pensar pouco instruído,
Que o ponto não compreende, em que eu passara.

"Eia! Vamos!", o Mestre diz querido,
"Longa jornada e mau caminho temos;
E a meia terça o sol já tem corrido".

De paço em salas nós de andar não temos;
Mas de antro natural em solo duro
Os passos nossos dirigir devemos.

"Antes que eu deixe em todo o abismo escuro
Erro, em que estou, meu Mestre, desvanece",
Disse erguendo-me um pouco mais seguro.

---

211 Passado o centro da terra, Virgílio para encaminhar-se ao hemisfério oposto deve subir e não mais descer. (N. T.)

"Onde o gelo? Por que nos aparece
Assim Lúcifer posto? E já tão presto,
Cessando a noite, o Sol nos esclarece?"

"Tu cuidas ser, do que ouço é manifesto
Lá no centro, onde ao pelo me prendera
Do que atravessa o mundo, verme infesto.

Ali estiveste, enquanto descendera
Ao voltar-me do ponto além tens sido,
Que o peso atrai na terreal esfera.

Foste àquele hemisfério transferido,
Que se opõe[212] ao que a terra está lançado,
Em cujo excelso cume há padecido;

Quem nasceu, quem viveu sem ter pecado
Sobre uma esfera estreita os pés agora,
Da Judeca ao reverso, tens firmado.

É noite lá; nós temos luz nesta hora;
E o que nos velos seus nos deu a escada
Na postura se firma, em que antes fora.

Caiu aqui da altura sublimada,
E a terra, que se alçava entumescente,
Do mar fez véu e veio de enfiada

Para o nosso hemisfério de repente.
Também fugiu de medo, a que se avista;
Vácuo deixando aqui, fez monte ingente."

---

212 Que se opõe ao hemisfério que cobre a terra em cujo cume (Jerusalém) foi crucificado Jesus Cristo. (N. T.)

Dante Alighieri

Lá no profundo há um lugar, que dista
Tanto de Belzebu quanto se estende
Seu sepulcro: ali não penetra a vista.

Revela-o som de arroio[213], que descende
Por brecha do rochedo, que escavara,
Em torno serpeando, e pouco pende.

Para voltar do mundo à face clara
Nessa vereda escusa penetramos:
De nós nenhum de repousar cuidara.

Virgílio e eu, logo após, nos elevamos,
'Té que do ledo céu as cousas belas[214]
Por circular aberta divisamos:

Saindo a ver tornamos as estrelas.

---

ue desce do Purgatório. (N. T.)
são as estrelas que Dante percebia da pequena abertura a que chegaram. (N. T.)